Wer nicht sucht, der findet: So geht es Sperber, der auf einem Kai in der Bretagne seiner großen Liebe begegnet. Nach einem ersten, überraschenden, unverschämten Kuss folgt er ihr nach Paris. Sie haben nur eine kurze Zeit miteinander, ein Glück, das staunen macht und die in Teile zerfallene Welt wieder zusammenfügt. Aber dann verlieren sie einander, scheinbar endgültig. Doch Sperber nimmt das nicht hin. Er beschließt, Luchs zu folgen, an den Ort, von dem eigentlich kein Menschlicher zurückkehren kann. Doch die Liebe, Wunde und Heilung zugleich, verleiht Kräfte, über die der Mensch sonst nicht verfügt.

»Die treuen Leser der Autorin, die an ihre Phantasie gewöhnt sind, an das Lächeln, das noch über ihren ernstesten Seiten schwebt, werden überrascht sein von der Melancholie dieses gewagten, ergreifenden Romans.« *Le Monde*

Anne Weber, geboren 1964 in Offenbach, lebt als Autorin und Übersetzerin in Paris. Sie übersetzt sowohl aus dem Deutschen ins Französische (u. a. Wilhelm Genazino und Sibylle Lewitscharoff) als auch aus dem Französischen ins Deutsche (u. a. Pierre Michon und Marguerite Duras). Sie veröffentlichte ›Ida erfindet das Schießpulver‹, ›Im Anfang war‹, ›Erste Person‹, ›Besuch bei Zerberus‹, ›Gold im Mund‹, ›Luft und Liebe‹ sowie ›August‹. Ihr Werk wurde mit zahlreichen Preisen ausgezeichnet, darunter dem Heimito-von-Doderer-Preis, dem 3sat-Preis, dem Kranichsteiner Literaturpreis. Anne Weber schreibt auf Deutsch und Französisch, ihre Bücher erscheinen in Frankreich und Deutschland.

Weitere Informationen, auch zu E-Book-Ausgaben, finden Sie bei www.fischerverlage.de

ANNE WEBER

Tal der Herrlichkeiten

Roman

FISCHER Taschenbuch

Erschienen bei FISCHER Taschenbuch
Frankfurt am Main, April 2015

Max Jacob: Le départ, aus:
Le Laboratoire central, Poèmes.
© Paris: Editions Gallimard 1960.
Deutsch von Anne Weber

© S. Fischer Verlag GmbH, Frankfurt am Main 2012
Druck und Bindung: CPI books GmbH, Leck
Printed in Germany
ISBN 978-3-596-19373-8

Für Antoine

I

1

Der Lärm der Fische?, fragte er, sein in der Mitte mit dünnem Papier umwickeltes Baguette schon in der Hand.

Ja, Goldfische machten sehr wohl Geräusche, sagte die Bäckerin. Die Lippen mehrmals hintereinander zusammenpressend und zu einer runden Öffnung aufreißend, ahmte sie das nächtliche Goldfischgeräusch nach.

Als Entschuldigung, weil sie sich im Wechselgeld geirrt hatte, und vielleicht auch, um diesen einzelnen Kunden zurückzuhalten und nicht gleich wieder allein im Laden zu bleiben, hatte sie ihm erzählt, in der letzten Nacht habe sie nicht schlafen können, sie sei vor ihrem schnarchenden Ehemann ins Wohnzimmer und aufs Sofa geflüchtet, aber auch dort habe sie wachgelegen, vom Lärm der Goldfische am Einschlafen gehindert.

Es heißt immer stumm wie ein Fisch, sagte sie, aber in der Nacht machen Fische einen Heidenkrach.

Noch einmal ließ sie den leisen Knall des sich öffnenden Fischmauls ertönen, einen dumpfen Laut zwischen p und b, und sie lachten zusammen über das Fischgesicht, das sie dabei machte, undurchdringlich, ausdruckslos.

Wieder auf der Straße, fing er selbst an, das Fischgeräusch nachzuahmen, und er stellte fest, dass es mit befeuchteten Lippen dem Geräusch aufprallender Regentropfen, mit trockenen eher dem einer platzenden Luftblase glich. Ich muss aussehen wie ein Flugzeugpassagier, der versucht, sich von dem Druck auf den Ohren zu befreien, indem er den Mund aufreißt, dachte er – oder eben wie ein Fisch? Es war kaum jemand auf der Straße, keiner drehte sich nach ihm um.

Oft fühlte er sich wie ein Fisch. Natürlich nicht wirklich wie ein Fisch, von dem keiner weiß, wie er sich fühlt und ob er »sich« überhaupt fühlt, sondern wie ein Mensch sich das Fischsein vorstellt: ein stummes, rundäugiges Zickzackleben, ein stetes Öffnen und Wieder-Schließen des Mundes, ein tonloses Erzählen, Fragen oder Beten, ein für niemanden hörbares Geplapper oder Rufen oder Singen.

Er erinnerte sich, gelesen zu haben, dass Fische Geräusche erzeugen können, allerdings war dabei nicht von Mundlauten die Rede gewesen, sondern von einem Trommeln auf Schwimmblasen und einem Zupfen an Sehnen. Er hatte das behalten, weil es ihn erstaunt hatte, dass Fische sich ihres Körpers wie eines Musikinstrumentes bedienen. Den Rest des Artikels hatte er vergessen. Doch, etwas fiel ihm noch ein: Der Knurrhahn konnte knurren.

Er schützte das Baguette vor dem feinen, durchdringenden Regen, der wie in Zeitlupe niederging, unter seiner kurzen Jacke, aber wie er es auch hielt, eines der beiden Enden ragte immer hervor. Entweder schaute das obere Ende der mehlbestäubten Brotstange aus dem Kragen heraus, oder, was noch unangenehmer war, die untere Spitze hing ihm zwischen den Beinen.

Er ging den Hausflur entlang, an den hölzernen Briefkästen vorbei, die Treppe war vom Hof aus zu erreichen. In der Küche machte er eine Büchse Ölsardinen auf, brach eine Ecke Brot ab, stellte das Radio an. Fragen und Antworten erklangen, die er nur als Stimmen wahrnahm, eine Art umgekehrtes Fischgerede, statt Mündern ohne Stimmen Stimmen ohne Münder, ein Sprechen ins Leere, in beiden Fällen kam nichts an. In den kopf- und schwanzlosen Ölsardinen war noch ein zartes, vom langen Liegen im Öl aufgeweichtes Skelett verborgen. Er fühlte das brüchige, tote Knochengewebe zwischen Gaumen und Zunge, schluckte es mit hinunter. Tunkte den Rest Öl in der Büchse mit kleinen Brotstücken auf. Trank ein Glas Wasser aus dem Hahn.

Bis auf das Leben und seine zähe Konstitution hatte er so ziemlich alles, was man verlieren kann, verloren: Arbeit, Haus, Frau, Kind, Sparbücher, Haar. Den Schädel hatte er sich kahlrasiert, solange es noch etwas zu rasieren gab, und mit den Hoffnungen und Illusionen hatte er es ähnlich gehalten. In mehreren Etappen hatte es ihn aus der Hauptstadt, in deren Umgebung er geboren war, immer weiter nach Westen verschlagen. Seit einigen Jahren bewohnte er ein Zimmer mit Küche in einem Mietshaus eines Hafenstädtchens am Nordatlantik, dessen einst große Fischereiflotte heute auf ein Dutzend Schiffe geschrumpft war. Mit seinen hellgrauen Augen und der Krummsäbelnase ähnelte er einem blinden Sperber. Und bis ihm ein anderer Name besser zu Gesicht steht, soll er Sperber heißen.

2

Den Hund sah er erst, als er schon fast vor ihm stand. Das Tier war in höchster geschlechtlicher Erregung, kurz vor dem Augenblick, da der Samen aus dem starren, dünnen Glied schießen musste. Der Hund kümmerte sich nicht um ihn, bemerkte ihn wohl gar nicht in seiner Ekstase. Zwischen den langen, spitzen Eckzähnen schlenkerte ihm die Zunge weit aus dem Maul. Sein Bauch, flach an den Boden gepresst, bewegte sich in schnellem Rhythmus vor und zurück, die Vorder- und Hinterpfoten waren vom Leib weggespreizt und vom Festkrallen im Sand halb darin vergraben. Der Hund war allein. Er bestieg den Strand, kopulierte mit der Erde.

Sperber konnte die Augen nicht abwenden, es war ein obszönes, ein unheimliches, ein Naturschauspiel, der Hund hielt die Erde umschlungen und besprang sie rückhaltlos.

Es kommt vor, dass ein Hund ein menschliches Bein umkrallt und beginnt, sich daran abzuarbeiten, bis entweder der Hunde- oder der Beinbesitzer eingreift und ihm seine Onanierhilfe entzieht. Dieser Hund aber, der weiter unbeirrt sein Geschlecht in den warmen Sand rammte, schien sich vor aller Augen, in diesem Fall vor den zweien des Wanderers, mit dem ganzen Erdenrund vereinigen zu wollen, und wer wollte ihm schon die Erde wegnehmen? Die Erde wehrte sich nicht. Das Liebesgebaren der Geschöpfe auf ihrer runden, haftenden Oberfläche war für sie nur ein leises Kitzeln, ein Ameisenverkehr, dem sie keine Beachtung schenkte, sie drehte sich weiter, ohne dass die wilden Zuckungen dieses tierischen Liebhabers ihre Drehungen auch nur um eine Viertelsekunde beschleunigt hätten. Die Mutter Erde, die Fruchtbarkeit selbst lässt sich nicht befruchten.

Er riss sich los, bevor die Erregung des Hundes ihren Höhepunkt erreicht hatte. Er fühlte sich als Voyeur, war fasziniert und zugleich abgestoßen. Wovon eigentlich abgestoßen? War das nicht ein natürlicher Vorgang, und dazu noch ein lustvoller? Vor diesem Hund stehend, stand er vor sich selbst, vor einem Ich-Selbst ohne Scham, ohne Hemmungen, ohne Moral. Stattdessen mit etwas anderem, das er nicht besaß?

Er betrat die Mole, an deren ins offene Meer hineinragendem Ende ein kleiner, von einem rostigen Gitter bekränzter Leuchtturm stand. Er ging darauf zu. Es war jene Stunde zwischen Hund und Wolf oder vielmehr zwischen Schwalbe und Fledermaus, die Stunde, in der sich beide in der Luft begegnen, die eine geht schlafen, die andere wacht auf, die Lichter sind schon entzündet, aber der Himmel ist noch hell, und die Sterne liegen noch tief in ihm verborgen. Und es begab sich, jawohl, es begab sich, dass zu dieser Stunde und an dieser Stelle des Horizonts das dunstige Silberblau des Himmels und des Meeres fugenlos ineinanderflossen und nicht mehr zu unterscheiden waren. Die Mole führte geradewegs in diese graublaue Tiefe hinein, und bei jedem neuen Schritt war es ihm, als stiege er eine Himmelsleiter empor, aber er erblickte keine Engel und auch keinen Gottvater, stattdessen weiterhin den Leuchtturm, dessen einst weiß getünchte Mauern sich hell von dem Meereshimmel abhoben wie auf einem alten Porträt das rissige, matte Weiß eines Brusttuchs von einem blassblauen Kleid, und dessen Spitze jetzt wie ein Gestirn zu leuchten begann.

Wo der nur bei Ebbe freiliegende Leuchtturmsockel im Boden verankert war, erblickte der Spaziergänger den Betonwall, den man zur zusätzlichen Befestigung schlangenlinienförmig um das Fundament gegossen hatte. Mit jeder zurückflutenden Welle wurde die von weißem Schaum ins schlürfende Wasser gezeichnete Schlangenlinie einen Atemzug lang sichtbar. Der Leuchtturm bleckte die Zähne, wie um das Meer in Schach zu halten. Am Fuß des Leuchtturms war das Wasser fast schwarz.

3

Die Kirchturmglocke läutete, als wäre der Glöckner betrunken oder als fiele ihm jemand ständig in den Arm und wollte ihn daran hindern, am Glockenstrick zu ziehen: erst zweimal zögernd, dann nach einer kleinen Pause dreimal hintereinander, worauf ein einzelner Schlag folgte, dann vier stolpernde und schließlich noch zwei. Es war zwölf Uhr mittags. Eine Männerstimme überschlug sich: Ici! Ici!, das zweite i ein Nadelstich, doch der Hund sprang weiter auf Sperber zu, der vor Hunden keine Angst hatte und ungerührt den Kai entlangging, wobei er bei jedem Schritt, wenn ein Fuß in der Luft schwebte, Daumen und Zeigefinger der rechten Hand dreimal kurz aneinandertippte. Auch von den Rhythmusstörungen der Glocke hatte er sich beim Gehen und Finger-Tippen nicht beirren lassen. Von Jugend an hatte er solche Ticks gekannt, von denen das Nicht-auf-die-Ritzen-zwischen-den-Pflastersteinen-Treten einer der ersten und harmlosesten gewesen war.

Schon lange hatte er aufgehört, gegen diese Zwänge anzukämpfen, so wie er schon lange nicht mehr versuchte, seine Gedanken von bestimmten Gegenständen, Menschen oder Orten fernzuhalten. Stattdessen hatte er eine Strategie entwickelt, mit deren Hilfe er zumindest die Illusion aufrechterhielt, seinen inneren Zwängen nicht gänzlich ausgeliefert zu sein, sondern eine gewisse Herrschaft über sie auszuüben. Indem er manche von ihnen bevorzugt behandelte, schläferte er die übrigen ein. Anders gesagt: Während er beim Gehen mit den Fingern tippte, brauchte er nicht die nackten und die von Tauwerk umschlungenen Poller zu zählen. Insgeheim nannte er das den »Sade-Trick«, weil er einmal gelesen hatte, der Marquis de Sade habe in einem der Gefängnisse, in denen er im Laufe seines Lebens eingesessen hatte, vielleicht in der Bastille, ein Schloss an der Innenseite seiner Kerkertür befestigen lassen. So konnte er zwar nicht aus seinem Gefängnis hinaus, aber solange er es nicht gestattete, konnte auch niemand zu ihm herein. Diese Entscheidung besaß eine komische Größe. Sie schien zu sagen: Innerhalb der Gefängnismauern des Lebens kann ich mir eine gewisse Freiheit ertrotzen. Ihr mögt diese winzige Freiheit lächerlich finden. Mir aber macht sie die Existenz erträglich.

Tiptiptip, linker Fuß auf dem Boden, tiptiptip,

rechter Fuß auf dem Boden. Er ging nicht schnell, hatte Muße, die Bewegungen der Meeräschen zu verfolgen, die in trägen, glanzlosen Schwärmen das Hafenwasser durchforsteten.

Als er eine Hand auf seinem Arm spürte, drehte er verwundert den Kopf; er hatte die Frau nicht nahen sehen, wusste nicht, wo sie so plötzlich hergekommen war. Sein erster Blick erfasste sie nun ganz aus der Nähe, und auch das nur einen Atemzug lang; dann näherten sich ihre Lippen den seinen zum Kuss. Er wich weder zurück, noch neigte er sich vor, für einen Augenblick lagen ihre Lippen aneinander, nicht geöffnet, aber auch nicht fest geschlossen, weich und trocken. Als sie sich löste, drehte sie noch fast im selben Moment den Kopf, und wieder sah er ihr Gesicht nur flüchtig, oder flüchtend, aber ohne Hast, und gleich darauf schon nur mehr ihren kleinen, schnell noch kleiner werdenden Körper, den gleichmäßigen, ruhigen Gang, die schmalen Schultern, und darüber, sanft schaukelnd, die Krone einer byzantinischen Königin.

Sperber zögerte, er blickte der Erscheinung nach, und einen Schritt lang sah es so aus, als wollte er ihr folgen, aber noch bevor sie hinter einer Hausecke oder einem parkenden Lieferwagen verschwunden war, wandte er sich ab und ging weiter, wie zuvor zwei Fingerkuppen aneinandertippend, wenn ein

Fuß in der Schwebe war. Er versuchte, sich ihr Gesicht zu vergegenwärtigen. Welche Form hatte es gehabt? Waren ihre Augen rund oder schmal, war ihre Stirn flach oder gewölbt gewesen? Er wusste es nicht. Es war, als hätte ihm jemand schalkhaft ein Bild vor die Nase gehalten und sofort wieder weggezogen oder als wäre das Frauengesicht von einem Blitz erhellt gewesen und wieder in der Dunkelheit verschwunden. Mit Bestimmtheit hatte er nur zwei Farben behalten: das fast schwarze Grün der Augen und den Glanz, wie von altem Gold, der Haare. Ein dicker, leuchtender Haarring hatte ihren Kopf umgeben, nicht geflochten, sondern nach außen umgeschlagen, eine Haartracht, wie sie schon lange keine junge Frau mehr trug. Und jung war sie doch gewesen? Noch nicht einmal das wusste er mit Gewissheit zu sagen. Jedenfalls nicht alt?

An der eisernen Fußgängerbrücke angekommen, die den bei Ebbe fast wasserlosen Fluss überquerte, blieb er stehen. Wie kam diese goldbekränzte Person dazu, unvermittelt und auf offener Straße, beinahe schon auf offenem Meer, einen ihr völlig fremden Mann zu küssen, der sie in keiner Weise zu solcher Zärtlichkeit ermutigt, ja ihr nicht einmal zugelächelt hatte, sondern vollauf mit der Freiheit in der Unfreiheit und den schattenhaften Bewegungen der Hafenfische beschäftigt gewesen war? Er war sich nicht sicher, ob er diese Berührung als spontanes Kompliment oder als Aggression, ja geradezu als Vergewaltigung auffassen sollte. Dreist war er in jedem Fall, dieser Kuss, und Sperber nahm sich vor, jenem blonden Geschöpf, sollte es sich auch bei näherem Hinsehen von betörender Schönheit erweisen, diese Unverschämtheit heimzuzahlen.

Mit raschen Schritten ging er die gleiche Strecke wieder zurück und merkte, als er die Stelle erreicht hatte, wo er geküsst worden oder der Küsserin zum Opfer gefallen war, dass er den ganzen Rückweg über ohne Fingerkuppentippen und Pollerzählen ausgekommen war. Natürlich war die Frau nirgends zu sehen, war sie doch gleich nach vollbrachter Tat verschwunden. Er ging weiter, mit den Augen scheinwerfergleich die Bürgersteige und Hauseingänge durchfegend, bis er vor seiner Haustür angelangt war. Unschlüssig und ratlos blieb er stehen, und statt zu seinem Zimmer hochzusteigen, machte er sich daran, den Ort nach der frechen Blonden abzusuchen, und zwar systematisch, Straße für Straße, Gasse für Gasse, wobei er sich von den beiden fast nebeneinanderstehenden Kirchen, der mittelalterlichen und der neugotischen, in mehr oder weniger spiralenförmigen Kreisen entfernte.

Die Stadt war nicht groß. Doch war sie immerhin groß genug, um die Suche nach einer Frau, von der man lediglich die Haar- und Augenfarbe kannte und deren Gesichtszüge man sich mangels Zeit nicht hatte einprägen können, zu einer schon nach der ersten halben Stunde aussichtslos scheinenden Angelegenheit zu machen. Und wie sollte man sich in einem Laden nach jemandem erkundigen, den man nur so unzulänglich zu beschreiben wusste? Getrieben von der immer dringlicher werdenden Begierde, die Frau wiederzufinden, überwand Sperber seine Redescheu und begann, in verschiedenen Geschäften nach ihr zu fragen. Da er sie in der Stadt vorher noch nie gesehen hatte (und auch jetzt hatte er sie noch nicht wirklich gesehen), hielt er sie für eine Urlauberin, eine wahrscheinlich aus der Hauptstadt Angereiste, die ein paar Tage am Meer verbrachte, und so fragte er zuerst im Zeitungsladen nach ihr, wo sie Postkarten oder eine Illustrierte gekauft haben konnte. Er stellte sich vor, dass Frauen, vor allem im Urlaub, Zeitschriften lesen, aber war eine Frau, die fremde Männer belästigte – Sperbers Ärger über den Vorfall steigerte sich im selben Maße wie sein Bedürfnis, die Frau möglichst bald ausfindig zu machen –, wohl mit sogenannten weiblichen Eigenschaften ausgestattet?

Er versuchte, sich an ihre Kleidung zu erinnern, aber auch hier versagte sein Gedächtnis, als wäre er, während sich die Frau entfernt hatte und er doch eigentlich Gelegenheit gehabt hätte, sich ihre Erscheinung einzuprägen, mit etwas ganz anderem beschäftigt gewesen. Ihm schien, sie habe Hosen getragen, jedenfalls konnte er sich nicht daran erinnern, ihre Beine gesehen zu haben. Dunkel war sie gekleidet gewesen. Oder hatte er nur das Dunkle, Faserige seiner eigenen Sinne wahrgenommen?

Wassertropfen schwebten jetzt in der Luft, die von allen Seiten, auch vom Boden her zu kommen schienen und so winzig und fein waren, dass sie das Wort Tropfen kaum ausfüllen konnten. Mit jedem Schritt atmete Sperber diesen kalten Wasserstaub ein, der ihm die Lungen beschwerte wie Sägemehl. Wie die meisten männlichen Bewohner dieser regnerischen Gegend besaß er keine wasserdichte Kleidung, stattdesen eine hüftlange Jacke aus eng gewobenem, festem Tuch, das die feindlichen Sprühregenangriffe lange abwehrte, aber am Ende doch aufgeben musste und, einmal vollgesogen, schwer wie Leder wurde. Aber der Regen hatte gerade erst eingesetzt, noch war es nicht so weit.

Der Zeitungsverkäufer wusste nichts, die Apothekerin hatte mehrere Kunden zu bedienen und schüttelte, als Sperber an die Reihe kam, nur den Kopf. Er trat in die Bäckerei ein, und um der Bäckerin nicht erzählen zu müssen, dass er nach einer Unbekannten suchte, erfand er eine kleine Geschichte, wonach er meinte, vorhin am Kai aus der Ferne seine Schwester erblickt zu haben.

Wir haben uns schon lange nicht mehr gesehen, erklärte er, und ich glaube, sie weiß auch gar nicht, wo ich heute lebe. Familiengeschichten, vous comprenez. Ich bin mir nicht sicher, ob sie es überhaupt war, habe nur ihren blonden Haarkranz wiedererkannt. Sie ist nicht zufällig bei Ihnen im Laden gewesen? Eine schmale Frau mit nach außen umgeschlagenem, leuchtend blondem Haar?

Er war erstaunt, ja geradezu erschrocken, denn er hatte sich schon gefragt, ob er den Kuss und die Frau dazu nicht nur erträumt und erhofft hatte (wie lange hatte er, hatte ihn schon keine Frau mehr geküsst?), als die Bäckerin sogleich erklärte, die blonde Frau gesehen zu haben, und das nicht irgendwann, sondern gerade erst vor fünf Minuten, lassen Sie es zehn sein, habe sie ihren Laden verlassen. Noch während sie auf das Wechselgeld wartete, habe sie in ihren Éclair au café hineingebissen, dann sei sie freundlich grüßend gegangen. Als die Frau ihr den Rücken kehrte, habe sie, die Bäckerin, noch über ihre blonde Haarrolle gestaunt, eine Frisur, die sie seit ihrer Jugend nicht mehr gesehen habe.

Während er spähenden Auges die Straße in die Richtung hinunterging, in der die Gesuchte der Bäckerin zufolge verschwunden war, überkam ihn die Vorahnung, die sich sogleich in eine Gewissheit verwandelte, dass diese kleine Frau mit der Großmutterfrisur gerade erst begonnen hatte, ihren Spott mit ihm zu treiben, und dass sie dabei bis zum Äußersten gehen würde. Der Gedanke schien ihm absurd, noch bevor er ihn zu Ende gedacht hatte, und er versuchte, sich zusammenzureißen: Er war von einer unbekannten Frau geküsst worden, die kurz danach in »seiner« Bäckerei eine pâtisserie gekauft hatte. Und diese harmlosen Vorgänge sollten der Anfang eines grausamen Katz-und-Maus-Spieles gewesen sein, in dem er die Maus war und der Katze hinterherlief, und dieses Spiel würde erst ein Ende nehmen, wenn…? Ja, wenn was…? Es war lächerlich, und doch war er sicher, dass es so (aber wie genau?) kommen würde.

Feuer?, sagte jemand neben ihm.

Sperber musste sich anstrengen, um die Frage überhaupt zu verstehen, so weit war er in diesem Augenblick von der Umgebung abgerückt, die er doch durchforstete. Der sie stellte, war ein blond gewesener, hagerer Mann mit wolfshundblauen Augen und streng zusammengezogenen, buschigen Brauen. Sperber kannte ihn, wie ihn jeder Ansässige kannte, weil er Tag für Tag den Ort und seine Umgebung durchstreifte und seine wundersamen Gedanken preisgab; er hieß André. André war nicht lange zur Schule gegangen und nie weiter als bis zur nächsten Kleinstadt gekommen. Er hatte lange für die Bäckerei Le Fournil am Hafen das Brot ausgefahren und half dort noch manchmal aus. Mit Vorliebe früh morgens, wenn es noch dunkel war, vertiefte er sich über Stunden in seine Lektüren. Auf seinem Bett neben dem kleinen Lichtzelt der Nachttischlampe sitzend, hatte er sich, angespornt von einem ehernen Willen und einer heftigen Sehnsucht nach Erkenntnis, Dichter und Philosophen einverleibt, bevor er in der Psychoanalyse steckenblieb. Seit sieben Jahren las er nun ausschließlich den größten der französischen Psychoanalyse-Gurus, unermüdlich und stur kämpfte er sich immer wieder durch dieselben Bücher, deren Geheimnis er nach eigenem Bekunden jedes Mal ein winziges bisschen mehr, aber doch nie anders als bruchstückweise durchdrang. Ein Zehntel ungefähr des Gelesenen sei ihm bisher verständlich geworden, sagte er. Doch war es gerade dieser ungleiche Kampf, dieses nahezu hoffnungslose Ringen um ein umfassendes, tiefes Verständnis, was ihn unverändert lockte und niemals zu erschöpfen schien.

Sperber zog ein Päckchen Streichhölzer aus der Tasche und riss eines an, das von der feuchten Luft gleich wieder ausgelöscht wurde, worauf ihm André die Streichhölzer aus der Hand nahm und sich die schon etwas aufgeweichte Zigarette, die ihm zwischen den Lippen hing, selber anzündete, indem er sie mit dem Rücken von dem Nieselregen abschirmte und beide Hände nestartig um die Flamme krümmte.

Ich kann dir sagen, wo du die Frau findest, sagte er.

Sperber sah ihm ins Gesicht, wo jetzt die Zigarette glomm.

4

Die Rezeptionistin blickte ihn argwöhnisch an, als er statt des Namens eines Gastes nur eine auffällige Haartracht vorzuweisen hatte. Die Geschichte von der Schwester konnte er hier nicht auftischen, wenn er, als einer, der den Namen der eigenen Schwester nicht weiß, nicht noch mehr Misstrauen wecken wollte. Schließlich sagte er, aber es fiel ihm ein bisschen zu spät ein, um glaubhaft zu wirken, er habe von weitem gesehen, wie der Frau etwas aus der Tasche gefallen sei, sie sei aber schon verschwunden gewesen, als er das Fundstück aufgehoben habe, und so habe er auf gut Glück in den paar Hotels vor Ort nach ihr fragen wollen. Es handele sich um ein privates Dokument, das er ihr lieber persönlich aushändigen wolle.

Ich glaube, ich weiß, wen Sie meinen, sagte die Rezeptionistin schließlich widerwillig. Die Dame ist nicht in ihrem Zimmer. Lassen Sie mir doch Ihren Namen und Ihre Telefonnummer da, damit sie Sie erreichen kann.

Nicht nötig, sagte Sperber, ich komme wieder vorbei.

Auf keinen Fall wollte er der Unbekannten einen derartigen Vorteil über sich verschaffen, und auf die Schnelle fiel ihm keine bessere Antwort ein, obwohl seine Weigerung, Auskunft über sich zu geben, den Argwohn der Rezeptionistin unweigerlich verstärken würde.

Er stellte sich an die linke Ecke des Gebäudes, in die Nähe des Hotelparkplatzes, von wo er die Straße und den Eingang im Blick hatte, ohne von der Rezeption aus gesehen zu werden. Das Hotel lag außerhalb des Ortes, über dem Meer; es gab keine Passanten, denen er hätte auffallen können. Er würde so lange hier stehen bleiben, bis die verrückte Blonde auftauchte, und sollte es bis Mitternacht dauern.

Zur Mittagessenszeit war der Verkehr spärlich. Sperber fing an, sich sanft hin- und herzuwiegen: Jedesmal, wenn ein Auto von rechts nach links an ihm vorbeifuhr, verlagerte er sein Gewicht auf das linke Bein; fuhr eines in die Gegenrichtung, wurde das rechte Bein wieder belastet. Durch ein gekipptes Kellerfenster drang das Crescendo einer Waschmaschine im Schleudergang, das als tiefes Summen begann und sich in immer höhere Lagen hinaufwand, um in einem stetig spitzer werdenden, dem Fiepen eines Wasserkessels ähnelnden Pfeifton zu enden. Es war Sperber, als müsste ihm unter dem wachsenden Druck in den nächsten Sekunden der Kopf abspringen. Dann ein Klicken, die Schleuder rollte aus, blieb stehen. Eine gelbgrau gescheckte Katze lief über die Straße, lässig und graziös, die Spielzeugausgabe eines Raubtieres. Ob die Frau mit dem Goldkranz ihn womöglich kannte? Müsste er sie also auch kennen? Vielleicht hatte sie eine Wette abgeschlossen: Was bekomme ich, wenn ich den ersten Mann küsse, dem ich heute begegne? Oder war es Aberglaube, und sie wollte etwas damit erreichen, etwa: Wenn ich heute den Erstbesten küsse, wird mein Vater (mein Geliebter, meine Tochter) wieder gesund?

Ein Rennradfahrer raste blindlings in einen »liegenden Gendarmen«, in eine jener Straßenschwellen, die zum Langsamfahren zwingen sollen, und wäre dabei fast aus dem Gleichgewicht gekommen.

Die Sonne stand noch nicht sehr tief, denn es ging auf die längsten Tage des Jahres zu, der Hotelparkplatz füllte sich schon nach und nach wieder, die Anreisenden trafen ein, und die Ausflügler kehrten zurück, Autotüren wurden zugeschlagen, Rollkoffer vorbeigezogen, als er sie von weitem kommen sah: eine Stecknadel mit goldenem Kopf, die sich über die um ihn her ausgebreitete Landkarte, die er so ausführlich studiert hatte in den letzten Stunden,

langsam auf ihn zubewegte. Sie ging die Straße entlang, die vom Ort her kam und erst eine Weile der
Flussmündung folgte, bevor sie in einer weiten Biegung zu dem Hotel anstieg, das am offenen Meer
oberhalb des Strandes lag.

Er hatte im Laufe des Nachmittags, ohne sich auf
eine Variante zu fixieren, mehrere Möglichkeiten er-
wogen, wie der Frau zu begegnen wäre, ein ganzes
Spektrum von Anreden war ihm durch den Kopf
gegangen, die von der Beschimpfung bis zur Liebes-
bekundung reichten. Er zwang sich, den Kopf abzu-
wenden und eine Weile in eine andere Richtung, die
Straße hinauf, zu sehen, wo zwei junge Männer sich
mühselig aus ihren Neoprenanzügen schälten, eine
Häutung, die wie bei der Zikade mit dem Rücken
begann, allerdings mit Hilfe eines Reißverschlusses,
an dem ein langes Band befestigt war, und die am
Ende zwei dunkle Schwarten auf dem Boden zu-
rückließ.

Beim nächsten Hinschauen hatte der Kopf schon
ein Gesicht. Aber wie immer er später versuchen
sollte, die Züge dieses Gesichts für sich wiederauf-
zurufen und zu beschreiben, nie sollte er die Teile,
aus denen es sich zusammensetzte, einzeln zu fassen
bekommen, sie fügten sich ein in »das Gesicht«,
wie er es fortan vor sich sehen konnte, und dieses
Gesicht war anmutig und streng, ungeschliffen und

zart, es war äußerste Fremde und äußerste Vertrautheit in einem. Und nie sollte er es anders sehen als umgeben von dem breiten Lichthof des Haares.

Ihr Schritt wurde nicht langsamer, je näher sie kam, doch hatte sie ihn zweifellos gesehen, ja sie schaute ihn an. Er blieb an der Hausecke stehen, fast reglos, leise schwankend, nicht viel anders, als er die vergangenen Stunden über gestanden hatte. Mit ihren leichtfüßigen Schritten ging sie zielstrebig, aber ohne Eile auf den Hoteleingang zu, um, beinahe auf seiner Höhe angelangt, jäh innezuhalten. Eine Minute verging, oder eine halbe Stunde, ein Jahr? Kein Kind schrie, kein Auto fuhr, keine Glocken schlugen, die Brandung selbst hatte ausgesetzt, das Meer hatte aufgehört zu atmen. Dann, wie ein Reh, das einen Moment lang aufgehorcht und keine akute Gefahr gewittert hat, nahm sie ihren gleichmäßigen Gang wieder auf und verschwand in der Hoteltür.

5

Woher kam der Gesang? An dem offenen Fenster, wo Sperber stand und in den dämmerigen, feuchten Himmel schaute, war fern, fern eine Stimme zu hören oder fast nicht zu hören, hell wie die eines Sängerknaben, ein Engelszirpen, von dem er, als es nicht aufhören wollte, sich fragte, ob es nicht seinen eigenen Ohren entsprang. Fledermäuse tanzten durch die Luft, in jenem chaotischen Hierhin und Dorthin, das so wenig gemein hat mit dem Flug gleichwelchen Vogels. Das Fledermausfliegen war ein spielerisches Taumeln, unkoordiniert war es, aber nur zum Schein, und von einer nicht zu lindernden Unruhe, ein Durch-den-Himmel-Jagen wie in Todesangst, auf der Flucht vor einem unsichtbaren Verfolger, eine Anspannung aller Kräfte, ohne Pause, die ganze Zeit. Spitz waren die schwarzen Schlenker und Kehrtwendungen, hineingekratzt in das weiche, unscharfe Licht der Dämmerung. Wenn sie dicht an seinem Fenster vorüberflogen, hörte Sperber ihre Flügel leise und hektisch aneinanderschlagen. Und einen Augenblick lang schien es ihm, als wollten ihn die Fledermäuse verhöhnen. Sie gaben sich als Trinker aus, täuschten vor, und das tagtäglich und zu fester Stunde, sternhagelvoll durch den Himmel zu torkeln.

Sperber war betrunken. Er war entschlossen, keine Begegnung mit der goldumkränzten Frau mehr zu suchen, sie nicht weiter zu verfolgen, ja, nicht mehr an sie zu denken.

Er hatte noch Durst, aber nichts mehr zu trinken. Als er die Außentreppe hinunterstieg, um eine offene Bar zu finden, strich ihm eine letzte kleine Fledermaus wie zum Abschied beinahe übers Haar, so dicht flog sie über ihn weg.

War er nicht einer, wie es viele gab? Er begegnete ihnen ja auf seinen täglichen Gängen, jenen noch nicht alten Männern, die ihre Arbeit verloren hatten und keine neue mehr fanden, die mit einer kleinen Rente oder einem staatlichen Almosen durch die Tage und die restlichen Jahre kamen. Ihre Frauen waren irgendwann aus ihrem Leben verschwunden; spätestens danach hatten sie zu trinken angefangen. Er sah sie durch die Stadt laufen in ihren ausgeblichenen, selbstgebügelten Hemden, den Glücklicheren unter ihnen, zu denen Sperber gehörte, war noch kein Vorderzahn ausgefallen. Und nun sollte er also auserwählt worden sein? Sollte statt eines Goldzahnes eine goldene Fee bekommen?

Wütend kämpfte er gegen seine Gedanken an, wollte ihnen seinen Willen aufzwingen, aber wie sich nach einem Wortgefecht die eigenen Behauptungen und die Erwiderungen des anderen noch einmal abspulen, durchlebte er alle Einzelheiten seiner zwei stummen Begegnungen mit der blonden Frau wieder und wieder. Die Nacht war mild und diesig, er war hellwach.

In der seiner Wohnung am nächsten gelegenen Bar, L'Escale, bestellte er am Tresen einen Calvados. Ein dicklicher Halbwüchsiger, der neben ihm vor einem Glas Bier stand und auf den Bildschirm unter der Decke blickte, zeigte Sperber sein von eitrigen Pusteln überzogenes Profil und ein fleischiges, unter gelverschmiertem Haar hervorschauendes Ohr. Als der Junge sich einer Gruppe von Gleichaltrigen zuwandte, sah Sperber auf dem Rücken seines schwarzen T-Shirts eine nackte Frau, die in einer lasziven Striptease-Pose ihr Kreuz durchdrückte, die Brüste nach vorne, den Hintern zurückschiebend, als wären es zwei verfeindete Paare, zwischen die es gelte den größtmöglichen Abstand zu bringen. Unter der nackten Silhouette stand in weißer Schrift zu lesen: I only sleep with the best.

Der Alkohol brannte sich durch Sperbers Hals und

Brust. Auf dem Bildschirm bewegte der Reporter stumm die Lippen, neben sich weinende Menschen und zerbombte Häuser. Sperber bestellte noch einen Calvados und verfiel in einen seiner qualvollsten Ticks, den es ihm sonst meistens zu verscheuchen gelang: das Zählen seiner Atemzüge.

Als er aufwachte, im Dunkeln, lag sie neben ihm. Wie war sie hereingekommen? Hatte er die Tür nicht abgeschlossen, als er im Rausch heimgekehrt war? Oder hatte er sie gar in der Bar getroffen und mitgenommen?

Er spürte die Wärme, die sie abstrahlte, tastete vorsichtig nach der zackigen Form unter dem Laken, die, von ihm abgewandt, auf der Seite ruhte. Wo ihr Haar liegen musste, fühlte er eine weiche, nach frischem Harz riechende, warme Masse, ein Nest, in das er sein Gesicht versinken lassen wollte. Und während er mit schwerem Kopf ihrem gleichmäßigen, von ihrer völligen Gemütsruhe zeugenden Atem lauschte, überkam ihn wieder seine gestrige Wut und die Gewissheit, dass die blonde Fremde ihn zum Narren hielt, und mit dem Zorn ergriff ihn eine namenlose Begierde, die Begierde aller einsamen Nächte, die er in diesem Zimmer verbracht hatte. Als müsse er sich an ihr, die sich ihm ausgeliefert hatte, nicht nur für alle je erlittenen, sondern auch für alle je von ihm beigebrachten Demütigungen, für seine eigenen Verfehlungen und Torheiten und für seine Bitterkeit rächen, fiel er über die Liegende her.

Schnell war sie herausgerissen aus dem bewusstlosen Gleichmut, der ihn so in Rage gebracht hatte, und wieder bei Sinnen. Sie wehrte sich, stemmte sich gegen ihn mit allen Kräften, aber außer einem erstickten Kampfgeräusch, einem Ächzen vor Anstrengung, kam kein Laut über ihre Lippen. Sie war nicht stark genug, oder war sein Ingrimm größer als ihrer? Wenige Augenblicke später war alles vorbei.

Taub und zerschunden lagen sie nebeneinander, ein kleines, gekrümmtes, zur Festung gerundetes Gebilde und ein Gekreuzigter mit dröhnendem Schädel und klopfenden Lidern.

Als er wieder aufwachte, schien sie sich nicht einen Millimeter bewegt zu haben. An den Fensterläden, die niemand zugeklappt hatte, rüttelte der Wind; auf das verstreute Kleiderarchipel am Boden fielen einzelne, kräftige Sonnenstrahlen. Und noch bevor Sperber sich vollständig aus dem zähen Morast des Schlafes befreit hatte, nahm er die dunkelrote Haarmasse in sein Bewusstsein auf, die sich neben seinem Kopf wie ein Blutfleck ausbreitete.

Langsam griff er hinein in das sonnenwarme Schlangennest, ließ die roten Locken durch seine Finger fließen. Unter dem Laken begann die Festung sich zu regen und aufzulösen, ein nackter Oberkörper wurde sichtbar, richtete sich auf. Einen Moment lang blieb die Frau, Sperber ihren weißen, runden Rücken zuwendend, auf der Bettkante sitzen, dann stand sie auf, um ihre Kleider zusammenzusuchen; mit müden, kraftlosen Bewegungen stieg sie in ihre Hose, drehte den Pullover auf die richtige Seite. Nur einmal, bevor sie die Tür öffnete und leise, fast lautlos, hinter sich zuzog, kam ihr Gesicht kurz zum Vorschein. Es war, wie Sperber nun endgültig wahrhaben musste, das traurige, aufgedunsene Gesicht mit den blassen Sommersprossen und den vorstehenden, wie verständnislos blickenden Augen, von Heather, der Engländerin.

Heather lebte seit vielen Jahren im Ort. Seitdem der bretonische Gastwirt, mit dem sie verheiratet gewesen war, mit einer jungen Bedienung in die Hauptstadt verschwunden war und sie mit ihren Kindern zurückgelassen hatte, betrieb sie einen Laden, in dem sie »maritime Geschenkartikel« englischer Fabrikation verkaufte, Clipper- und Bulkhead-Lampen, messingbeschlagene Schiffsschränke, Sextanten und Oktanten, Himmelskarten, Barographen und Hydrometer. Wie Sperber selbst gehörte sie zu den regelmäßigen Gästen der Bar L'Escale, wo er aber kaum jemals ein Wort mit ihr gewechselt, höchstens in größerer Runde einige Male mit ihr und anderen zusammengestanden hatte. Allenfalls war ihm aufgefallen, vielmehr fiel es ihm wohl erst rückblickend auf, dass sie ihn manchmal freundlich-scheu angesehen hatte aus ihren fragenden Bullaugen. Er konnte sich nicht erinnern, sie am Vorabend gesehen, geschweige denn in ihrer Begleitung das Lokal verlassen zu haben; wahrscheinlich war er schon zu betrunken gewesen, als er dort ankam.

Was in der Nacht geschehen war, sein stierartiger Angriff im Schutz des Dunkels, in der altbewährten Immunität des Alkoholrausches, tauchte nun erst aus dem Nebel seines Bewusstseins wieder auf und erfüllte ihn mit einer glühenden Scham, als hätte er sich an einem Schutzengel vergriffen. Denn er wusste inzwischen klar und deutlich, dass Heathers Blicke schon oft auf ihm geruht hatten, weder einladend noch gar provozierend oder flehend, sondern umsichtig-zärtlich und schonungsvoll.

6

Der Wind – eine Art Aspirin, das die nordatlantische Küste ihren Säufern unentgeltlich liefert – blies parallel zur Küste, so kräftig, dass man, den Strand entlanglaufend, sich entweder gegen ihn stemmen musste oder von ihm vorwärtsgeschoben wurde. Slapstickhaft vorgeneigt ging Sperber ihm entgegen, über seinem Kopf einzelne, tragische Schreie ausstoßende Möwen, die aus mysteriösen Gründen von den Sturmböen nicht davongeweht wurden. Seinen unsichtbaren Gegner Schritt für Schritt zurückdrängend, schob er sich vorwärts, nur mit einer leichten Hose und einem Hemd bekleidet, das sich in seinem Rücken zu einem grotesken Höcker aufblähte. In der Gegenrichtung waren Millionen runder Algensamen unterwegs, flach flogen die braunen Kügelchen über den Sand, eilten in endlosen Zügen den Strand entlang, eine Völkerwanderung, von der niemand wusste, wo sie begonnen hatte und wo sie enden würde.

Es war noch Frühling, ein gewaltsamer, wuchtiger, beißender Frühling, das Meer dröhnte und schäumte, die grüngelben Zypressen standen verrenkt und gichtig über die spärlichen Gräser gebeugt. Sperber begann zu rennen, er rannte und rannte, als wollte er die Harpyien in ihre Höhle zurückdrängen, und kam doch kaum vom Fleck. Tränen rannen ihm waagerecht über die Schläfen, wie im Zeitraffer flogen grauweiße Wolkenbänke oder Schaumfetzen über ihn hin. Vielleicht sah ihn jemand in einem vorüberfahrenden Auto von der Strandstraße aus rennen, seht mal, ein Irrsinniger, würde er zu seinen auf dem Rücksitz kartenspielenden Kindern sagen. Der Wind stach ihm in die Augen und nahm ihm die Sicht, seine Beine wollten die Richtung nicht mehr halten und trugen ihn ins undurchsichtige, schwarzgrüne Wasser und in die nächste anrollende Welle hinein, die sich, zornig, dass es hier nicht weiterging, aufbrüllend am Festland brach.

Die Welle überrannte ihn und wirbelte ihn zu Boden. War das Wasser kochend oder eisig? Jäh brannte es sich in jede Pore hinein. Du Verlorener, du Lump, du armseliger Wicht!, rief ein Gott ihm zu oder ein Wassergeist.

Noch nicht wieder an der Oberfläche, Mund und Nase mit Salzwasser gefüllt, spürte Sperber einen Schlag gegen die Schläfe, als hätte ihm der zürnende Gott, um seiner Lektion mehr Nachdruck zu verleihen, zum Abschluss noch eins übergezogen. Das Meer hatte ein großes Stück Wellblech angeschwemmt und es ihm mit der Wucht der nächsten anrollenden Welle an den Kopf geworfen.

Nun hätte er ohnmächtig werden und ertrinken können, das Blech hätte ihn schwerer verletzen und ihm vermutlich sogar die Gurgel durchschneiden können, aber der Wassergeist wollte ihn warnen oder strafen, nicht töten, und so ließ er ihn, triefend von Wasser und Blut, jämmerlich zitternd und lebendig, auf die Beine kommen und aus den Fluten steigen.

Keiner kam, ihn in eine warme Decke zu hüllen; immerhin schob ihn der Wind in die richtige Richtung, heimwärts.

Wie durch Gletscherspalten fielen Sonnenstrahlen auf das schieferfarbene Meer, Wolkenbrüche aus Licht, die bewegliche, gleißende Inseln in der Ferne hinterließen. Kurz bevor er wieder im Ort angelangt war, tat sich eine jener Wolkenklüfte über Sperbers Kopf auf und gab für wenige Momente den Blick frei auf das immerwährende, von keinerlei Niederschlag je getrübte schöne Wetter, das darüber herrschte, auf jenen ewigen, wolkenlosen Sommer, den die Flugmaschinen als Lebensraum für sich beanspruchen.

Er duschte, solange warmes Wasser aus dem Boiler kam, zog sich warm an. Das Wellblech hatte ihm die rechte Schläfe aufgerissen, über dem Auge war die Haut schmerzlich angeschwollen. Da er weder eine Wundsalbe noch ein Pflaster fand, strich er Zahnpasta auf die Wunde, von der er gehört hatte, sie habe eine entzündungshemmende Wirkung. Im Spiegel erschienen sein rotes, vom heißen Wasser aufgeweichtes Gesicht, der kahle Schädel, das stoppelbärtige, kantige Kinn, die Kerben um die hellen Augen, die geschwollene, steile, wie ein demnächst zu fällender Baum mit einem weißen Kreuz markierte Stirn.

Dieses eine Mal hatte er das transportable Telefon nicht mittransportiert, sondern auf dem Küchentisch liegengelassen, sonst wäre es ebenso durchnässt worden wie er und jetzt Müll. Obwohl es so gut wie nie summte und keine Nachrichten überbrachte, trug er es stets bei sich und inspizierte es oft. Er besaß es nicht, um zu telefonieren, sondern um erreicht werden zu können. Erreicht von wem? Sein Sehnen galt keiner bestimmten Person oder Nachricht. Er wartete darauf, erreicht zu werden von etwas oder jemandem, von etwas Konturlosem, Unbekanntem, vom Leben, von der Welt.

Er nahm das Gerät in die Hand und ging ans Fenster, von wo nicht das Meer zu sehen war, sondern eine verwitterte Mauer, und noch eine, und dann noch eine dritte, in Terassensprüngen stiegen sie an bis hin zu einem unfernen, hohen, von einer Kiefer überragten Horizont. Darunter, in der Tiefe des Hinterhofes, wuchsen neben dürren Unkrauthalmen, die meiste Zeit des Tages im Schatten, zwei Hortensienbüsche, deren Blüten im Laufe des Sommers von hellgrün zu rosa, violett, lavendelfarben und schließlich tiefblau wechselten. Voll aufgeblüht ähnelten die großen Blütenkugeln jenen vielblättrigen, pastellfarbenen Gummi-Bademützen, die Frauen früher im Schwimmbad trugen.

Hässlicher und greller kehrten die Hortensienfarben in Sperbers Wohnung wieder. Das Zimmer, das er bewohnte, war hellblau gestrichen; als einziges Mobiliar standen ein Bett, ein kleiner Tisch, ein Klappstuhl und statt eines Schranks ein wackeliges, metallenes Kleidergestell darin. Die Küchenwände leuchteten rosa- oder vielmehr zuchtlachsfarben; auf das Rechteckmuster der eingezogenen Kunststoffplatten-Decke antwortete das Linoleum mit einer Fischgrätparkett-Imitation.

Sperbers Erregung hatte sich völlig verflüchtigt, sein Kopf schmerzte, aber sein Geist war klar. Auf dem Bett sitzend, betrachtete er die vertraute Schäbigkeit seiner Umgebung, als gelte es, Abschied von den Dingen zu nehmen, zwischen denen er sich bis dahin, nicht immer, aber immer wieder und ihrer Armseligkeit zum Trotz, über schwankende Zeitspannen heimisch gefühlt hatte.

Sein Blick fiel auf die drei Postkarten, die mit Reißzwecken über dem Tisch angebracht waren und drei verschiedene Porträts ein und desselben Mannes darstellten.

Vor Jahren, als Sperber sich noch nicht dem sanften Sog der Tage überlassen hatte, als er mit seiner Zeit, die kein Lohnherr mehr haben wollte, trotzdem noch etwas *beginnen* wollte, war er auf ein Buch mit dem Titel »La défense de Tartufe« gestoßen. Er erinnerte sich weniger an das Gelesene als an das Lesen selbst, das wie ein Ins-Allerinnerste-Schauen, ein Blick in eine aufgerissene Brust gewesen war. Aus weiteren Büchern hatte Sperber dann von dem Leben und Sterben des Verfassers, eines bretonischen Juden mit Namen Max Jacob, erfahren.

Zwei der Zeichnungen an der Wand waren von Picassos Hand: Die eine, aus dem Jahr 1928, zeigte Jacob im Profil in einem Medaillon, einen Lorbeerkranz auf dem kahlen Schädel und mit leichtem Doppelkinn, als ruhmreichen, leise über sich selbst lächelnden römischen Kaiser; die zweite, 1953 entstanden, stellte den Dichter und Maler als mageren, kahlköpfigen, ernsten Harlekin dar, mit gesenktem Blick und einer stacheldrahtartigen Halskrause.

Das dritte Porträt war eine Zeichnung von Modigliani. Max Jacob, mit hohem Hut und Krawatte, hatte darauf eines jener schmalköpfigen, weltweit bekannten und etwas unpersönlichen Modigliani-Gesichter. Daneben waren die Worte zu lesen: »À mon frère, très tendrement, la nuit du 7 mars, la lune croissa« (Meinem Bruder, sehr zärtlich, in der Nacht zum 7. März, der Mond nahm zu).

Auf diesem letzten Porträt waren Sperber zwei Einzelheiten aufgefallen. Erstens war »croissa« eine grammatisch falsche Form des Passé simple, den Modigliani als Italiener wahrscheinlich nicht richtig beherrschte; richtig hätte es »crût« heißen müssen. Und zweitens stand die Zahl sieben in einer Zeile für sich, vom Zeichner groß und deutlich hervorgehoben. Der 7. März aber war der Tag, an dem Jacob 1944 nach Auschwitz hätte verschleppt werden sollen, sein Name stand schon auf der Liste, wäre er nicht bereits am 5. von alleine, das heißt an einer Lungenentzündung gestorben, die er sich in der vorausgegangenen Haft zugezogen hatte. Die Zeichnung war um 1915 herum entstanden.

In jedem Leben, dachte Sperber, waren derartige Zeichen verstreut, die erst im Rückblick – in diesem Fall in einem posthumen Rückwärtsschauen, das erst den Nachgeborenen möglich war – ihre Bedeutung offenbaren. Als wollte sich jemand, indem er uns mit seinen gut versteckten Hinweisen ein unlösbares oder erst zu spät lösbares Rätsel aufgibt, über uns und unsere menschliche Beschränktheit mokieren.

Sperber stand auf und schritt mit forschendem Blick seine Behausung ab. Ob in ihr wohl auch Zeichen verborgen waren, die, wenn er sie bloß sehen und deuten könnte, etwas über seine Zukunft offenbarten?

Er betrachtete ein Blatt Papier, das in einer Ecke am Boden lag und das er aufgehoben hatte, weil er darauf mit freier Hand einen vollkommenen Kreis gezeichnet hatte. Während er einer fernen Erinnerung nachhing, hatte seine Hand nebenbei und absichtslos diese gewölbte Linie gezogen. Danach hatte er noch etliche Male versucht, einen vollkommenen Kreis auszuführen, und jedesmal war er ihm leicht verzogen geraten. Welche Bedeutung konnte dieses schmutzige Blatt Papier, dieses perfekte Rund, das die grauen Spuren seiner Schuhsohlen trug, wohl haben?

Die zerknäulte Bettdecke zurückschlagend, um das Laken glattzuziehen, traf er auf die Verschlingungen eines langen, roten Haares. Er erinnerte sich, in einem Roman von der »Unterschrift« eines Haares auf einem Badewannenrand gelesen zu haben. Nun hatte also die Engländerin sein Bett signiert, oder sah so vielleicht der Faden aus, der ihn aus dem Labyrinth hinausführen sollte? War es der berüchtigte rote Faden, den man nicht verlieren durfte? Er nahm das Haar zwischen zwei Fingerspitzen und

legte es auf den schmutzigen Bleistiftkreis auf dem
Boden. Damit es nicht davonfliege, und um die kleine
Skulptur zu vollenden, platzierte er obenauf die ge-
trocknete Eikapsel eines Rochens, die er am Strand
gefunden und auf seiner Fensterbank deponiert hatte;
ein schwarzes, bauchiges Rechteck mit vier kleinen
Ausläufern an den Ecken, eine winzige Sänfte, in der
die ungeborenen Rochen vom Wasser gewiegt und
schließlich ins Leben hineingetragen wurden.

Mit pochender Schläfe stand er im Raum. In diesen drei nicht zu entziffernden Zeichen war, bildete
er sich ein, sein weiteres Schicksal enthalten.

7

Weich war die Haut, an der sein Mund lag, warm wie frisches Brot, und als er sie küsste, spürte er zarte Härchen über seine Lippen streichen, ein seidiges Kitzeln, unsagbar fein und zart. Erst als auf dem Tisch das Telefon tremolierend erbebte und er die Augen aufschlug, merkte er, dass es sein eigener Oberarm war, den er im Halbschlaf liebkost hatte, und dass außer ihm niemand im Zimmer war.

Er hielt das Gerät an sein Ohr, in dem ein »Unbekannt« geduldig oder ungeduldig auf ihn wartete, und sagte, nicht fragend, vielmehr ergeben, wie man ungelesen einen Vertrag unterzeichnet:

Ja.

Was er vernahm, war keine menschliche Stimme, sondern, als habe er statt des Telefons eine große Muschel ans Ohr gehalten, das Rauschen des Meeres. Kurz fragte er sich, ob das Geräusch nicht seinem Ohr entsprang, aber zu fern und zugleich deutlich war das Heranbrechen und Zurückfluten der Wellen zu hören, mächtig und geruhsam.

Mit lauter Stimme, als telefonierte er mit einem Orkan, rief er:

Hallo! Hallo!

Das eintönige Meeresschnaufen blieb die einzige Antwort.

Lange, bis es anfing, hell zu werden, und die Gegenstände in seinem Zimmer Form annahmen, lauschte Sperber dem steten Ein- und Ausatmen des Meeres. Dann, in der kleinen Atempause zwischen zwei anrollenden Wellen, wurde die Leitung unterbrochen.

An diesem Morgen ging Sperber zeitig zum Hafen; manchmal nahm einer der wenigen Fischer, die es vor Ort noch gab, ihn als Hilfskraft mit. Zwar bekam er dafür außer dem Weißwein hinterher und ein paar Makrelen oder Sardinen kaum eine Bezahlung, aber die Arbeit brachte ihn ab von seinen einsamen Manien und Wegen und tat ihm wohl. Einige Tage hintereinander fuhr er hinaus und kam am Nachmittag zerschlagen und fast frei von jeder Sehnsucht oder Reue wieder nach Hause.

Am Abend begrub er eine tote Amsel, die er im Hinterhof gefunden hatte; vielleicht war sie gegen ein Fenster geprallt. Eingewickelt in einen alten, weißen Kopfkissenbezug, der als Leichentuch dienen sollte, trug er das starre, zerzauste Tier ans Meer, bis hin zu einer kleinen Bucht mit Kieselstrand. Sorgfältig, wie für sein eigenes Grab, suchte er den Platz aus. Er grub eine Mulde, legte den Vogel hinein, deckte ihn zu und schmückte den kleinen Hügel mit leeren Napfschneckenhäusern, die er rundherum auflas. Dazwischen steckte er ein paar Levkojen-Blüten. Er lauschte dem unheimlichen Rasseln der Kiesel, wenn eine zurückflutende Welle sie gegeneinanderschüttelte. Mit unendlicher Geduld war das Meer damit beschäftigt, hier in Jahrtausenden einen Sandstrand anzulegen.

Er fand, dass er anfing, wieder ein Mensch zu werden.

Der Küstenweg, auf dem er zurückging, führte an der Île aux vaches vorbei, einem winzigen, steinigen Eiland, auf dem keine Kuh etwas zu fressen gefunden hätte und das bei Ebbe trockenen Fußes zu erreichen, bei Flut aber vom Festland abgeschnitten war. Als er auf der Höhe der kleinen Halbinsel ankam, war das Wasser etwa auf halber Höhe angelangt; es würde seinen höchsten Stand in der Mitte der Nacht erreicht haben.

Sperber verlangsamte seinen Schritt. Was die Einheimischen Insel nannten, war nichts anderes als ein Haufen Steine, es war keine Sand-, eher eine Steinbank, die in ihrem Zentrum, wo das Wasser fast nie hinkam, einen hellen, sonnigen Ockerton angenommen hatte, während sie sich nach außen hin in feinen Abstufungen, die Sperber mit den Augen abtastete, immer weiter verdunkelte. Er blieb stehen. Denn wie einen geschliffenen Edelstein in einer rauhen, tropfenförmigen Einfassung hatte er auf dem höchsten Punkt des Eilands im milden Licht der Abendsonne ein goldenes Rund aufglänzen sehen.

Die Frau saß dem offenen Meer zugekehrt, die Arme um ihre angezogenen Beine geschlungen. Sie rührte sich nicht. Sperber fixierte den blonden Punkt, bis er verschwamm vor seinen Augen und von den ausgebleichten Steinen nicht mehr zu unterscheiden war.

Das Meer war schon so weit angestiegen, dass jeder, der in die eine oder andere Richtung hätte passieren wollen, wenigstens bis zu den Oberschenkeln durchs eisige Wasser hätte waten müssen. Sperber musste an einen grausamen Mord denken, von dem er vor Jahren – war es in einer Zeitung?, in einem Roman? – gelesen hatte und bei dem die Gezeiten als Mithelfer missbraucht worden waren: Man hatte das Opfer bei Ebbe am Strand so eingegraben, dass nur noch der Kopf herausschaute. Dann ließ man den im Sand Gefangenen allein, die Augen dem ansteigenden Meer zugewandt, in dem er ertrinken würde.

Hatte die verrückte Sirene vielleicht vor, die Nacht

auf diesem Steinhaufen zu verbringen? Ertrinken würde sie nicht; die Insel wurde nur bei Sturm vom Wasser überschwemmt, und es würde eine ruhige Nacht werden. Aber die feuchte Kälte würde ihre Kleider durchdringen. Den Tod konnte sie sich dort draußen auch über Wasser holen.

Ob sie es war, die ihn nachts angerufen hatte, womöglich von jener kleinen Halbinsel aus? Verbrachte sie dort, eingehüllt in eine Vielzahl wollener Pullover und windundurchlässiger Jacken, ihre Nächte, den Kopf zwischen den Schultern wie die Möwen um sie her? Die Sonne verschwand − nicht im Meer, sondern hinter Felsvorsprüngen − und mit ihr das sanfte Licht auf den trockenen, rauhen Steinen und der kostbare Glanz des blonden Haares. Die Insel war grau auf einmal, wie erloschen. Zwar war der reglose Frauenkopf noch sichtbar, für Sperber jedenfalls, dessen Auge ihn hatte glänzen sehen und wusste, wo es ihn zu suchen hatte, aber er schien nur mehr ein etwas hellerer Stein im eingetrübten Inselgefleck.

Noch war Zeit, noch konnte sie das Ufer erreichen, ohne weiter als bis zur Hüfte ins kalte Wasser eintauchen zu müssen. Noch konnte er auch zu ihr hinübergelangen, dachte er kurz und ohne Überzeugung. Wiewohl sie kaum mehr als zwei- oder dreihundert Schritte von ihm entfernt war, schien sie ihm unerreichbar, als säße sie nicht auf einem nahen Steinbrocken, sondern auf einem soeben ablegenden Schiff, den Blick einer unbekannten, verheißungsvollen Zukunft zugewandt und ihm, dem Zurückbleibenden, den Rücken kehrend.

Musste er sie denn retten? Sie würde sich erkälten, sich im schlimmsten Fall eine Lungenentzündung zuziehen, das war alles.

Trotzdem blieb er stehen. Ein Hund lief an ihm vorüber, gefolgt von einem bärtigen Mann, der, die Leine in der Hand und eine blaue Schirmmütze auf dem Kopf, neben Sperber anhielt und ein paar Worte mit ihm wechseln wollte, Wetter, Windstärke, die Aussichten für die nächsten Tage. Sperber antwortete ihm, nicht wortreich, aber er antwortete, ohne dabei die Augen von dem einen Menschenkopf zwischen den Steinköpfen zu wenden. Die beiden Männer standen eine Weile nebeneinander, vor sich die unmerklich kleiner werdende Insel, deren Ränder vom Wasser immer mehr angefressen wurden. Sie schauten beide in dieselbe Richtung, aber wo Sperber die Frau sitzen sah, sah der Bärtige offenbar nur Steine und Meer.

Und obwohl sie ganz still und abgeschieden auf ihrem Inselthron saß, fast unsichtbar und folglich ohne jede Absicht, mit ihrem reglosen Die-Nacht-Abwarten irgendjemanden, schon gar nicht ihn,

Sperber, dessen Anwesenheit sie unmöglich erahnen konnte, zu provozieren, spürte er, da die Feuchtigkeit der nahenden Nacht ihm, dem ebenso regungslos am Ufer Stehenden, langsam in die Glieder kroch, erneut eine dumpfe Wut in sich aufsteigen. Warum schien es ihm jedes Mal, als habe die blonde Frau mit ihrem eigentümlichen Benehmen nichts anderes im Sinn, als ihn, den sie sich unerklärlicherweise als Gegenstand ihrer Belustigungen ausgesucht hatte, zu ärgern und zu verhöhnen?

Er zwang sich, nach Hause zu gehen.

Vor seinem Fenster vollführten die Fledermäuse ihren taumelnden Tanz, die gelbe Straßenlaterne verschwamm in der feuchtkühlen Luft zu einem fernen Gestirn.

Gegen Mitternacht, Sperber lag wach auf dem Bett, stritten zwei Betrunkene auf der Straße, brüllten sich an mit gurgelnden Bass-Stimmen, enculé, je vais te péter la gueule, etwas, ein Fuß?, ein Kopf?, schlug mehrmals hintereinander gegen einen Eisenrollladen, der klirrte und schepperte, als rüttelte ein Riese an den stillen Fassaden.

Dann entfernten sich die Stimmen.

Je mehr Sperbers Kopf den Schlaf ersehnte, umso heftiger wollten seine Beine sich bewegen; sie zuckten unter der Bettdecke wie unter elektrischen Schlägen. Als irgendwann, verloren in der Tiefe der

Nacht, ein einzelner Glockenschlag ertönte, schien es ein Irrtum zu sein, ein eigentümliches Versehen.

Bald darauf stand Sperber auf, suchte im Licht der Straßenlaterne, das in dünnen Streifen durch die Läden fiel, seine Kleider zusammen, schlich durch das dunkle Treppenhaus.

Hier ist ein Pfad, den sollst du gehen, hier liegt der Hase in seiner Gruft, sang er leise, im Rhythmus seiner Schritte, und diese kleine, soeben in seinem Mund wie von selbst entstandene Privatkantate führte ihn den gleichen Weg, den er am Abend gegangen war, wieder zurück. Lange musste er laufen, bis hinter dem großen, grauen Schuppen, in dem das Seenot-Rettungsboot auf seinen Einsatz wartete, der Küstenweg begann, von wo an keine Laterne ihm mehr leuchtete und nur noch der Mond als blasser, undeutlicher Fleck hinter den dünnen Wolken zu sehen war.

Über der Île aux vaches, die inzwischen völlig abgetrennt vom Festland und auf ihren kleinsten Umfang, also vielleicht in der Tat zu der Größe einer Kuhweide, zusammengeschrumpft war, lag ein schwacher Schimmer; deutlich waren die hellen Schaumränder, diffus das Relief der Steinbrocken zu erkennen.

Sperber ärgerte sich, dass er sein Fernglas nicht mitgenommen hatte, aber hätte ihm das in der Dunkelheit viel geholfen? Er trat so weit ans Ufer heran, wie er trockenen Fußes gelangen konnte, dann erstarrte er und mühte sich, seine Augen zu schärfen. Wenn die Wolkenschicht dünner und das Mondlicht etwas stärker wurden, war es ihm das eine oder andere Mal, als würde er unter den steinernen Formen einen hellen Haarschopf ausmachen. Bald glaubte er ihn dort, wo er die Frau am Abend hatte sitzen sehen, bald an einer geschützteren Stelle, näher am Festland, zu erspähen. Am Ende musste er einsehen, dass er es nicht mit Sicherheit sagen konnte, ob auf diesem Steinhaufen, um den herum Himmel und Meer zu einem unermesslichen Dunkel verschmolzen waren, ein weibliches Menschenwesen zugegen war oder nicht.

Hätte er sich mit Adler-, Möwen- oder besser Eulenschwingen über den Kieselstrand erheben und über der flachen Insel seine Kreise ziehen können, so hätte er, eingerollt in einen Bergsteiger-Mumienschlafsack und gebettet auf eine Isoliermatte, die sich selbst aufgeblasen hatte, in einer Felsnische am äußeren, dem offenen Meer zugewandten Ende der Insel eine blonde Frau ruhen sehen.

8

Mit dem leisen, dumpfen Aufprallgeräusch eines Hühnerknochens war der Finger auf das Linoleum gefallen. Sie hatte aufgeschrien, kurz nur, dann auf das Blut geschaut, das ins Leere pulsierte, das Wachstuch auf dem Tisch und ihren blauen Rock befleckte, auf den Finger, der, schon fremd, am Boden lag, noch nicht tot, aber auch nicht mehr lebendig. Sie war bei Bewusstsein geblieben, und dieses Bewusstsein war klar und ins Ungeheuerliche geschärft gewesen, ebenso wie ihre Wahrnehmung, die sich auf ein dunkelblondes, auf dem fleckigen Linoleum fast nicht auszumachendes, langes Haar fixierte, vielleicht ihr eigenes, das, in eine zackige, ungeschmeidige Form gewischt oder getreten, neben dem Finger am Boden klebte. In ein und demselben Augenblick sah sie den Finger, sich selbst als eine ihren abgetrennten Finger Betrachtende und noch einmal sich selbst, wie sie, aus größerer Ferne, eine ihren-abgetrennten-Finger-Betrachtende betrachtete, und so zog es sie immer weiter fort von sich bis ins Unendliche, wie eine russische Puppe stülpte sie sich wieder und wieder über ihre eigene, immer kleiner werdende Gestalt. Dann wollte die Ohnmacht wieder nach ihr greifen, aber sie entzog sich auch diesmal, schloss die Augen. Hinter den Lidern flackerte es rot.

Der tote Finger war als Lebenszeichen gedacht. Wie konnte ein Finger davon zeugen, dass derjenige, dem er gehörte, lebt? Erst später hatte sie darüber nachgedacht. Ein Fingerzeig? Der Finger sollte nichts zeigen, nichts beweisen, dachte sie heute. Er sollte Angst machen.

Als einzigem Kind reicher Eltern war es ihr verboten, alleine mit dem Fahrrad zu fahren, aber sie fuhr trotzdem. Hatte zu Hause erzählt, ihr Fahrrad sei ihr gestohlen worden, doch in Wahrheit hatte sie es versteckt, in einer Bauruine, die sie, nur wenig von ihrem Schulweg abweichend, schnell erreichen konnte. Sobald eine Stunde ausfiel, holte sie das Fahrrad und fuhr über die Feldwege, zwischen Maisfeldern hindurch, die im Sommer zu beiden Seiten des Weges hohe Mauern bildeten, bis zum Weiher, oder sie fuhr den Esel besuchen, der auf einer Wiese nahe der Kläranlage weidete, ein scharf gezeichnetes, braunes Andreaskreuz auf seinem mausgrauen Rücken, und den Kopf hob, wenn sie sich näherte, die dunkel-flauschigen Ohrmuscheln

von einem zierlichen, hellen Fellstreifen einge-
rahmt.

Der Mann hatte sich nicht versteckt. Sein Wagen
stand im Schatten einer Eibe, an einer Abzweigung,
die nirgendwohin führte. Als sie fast auf seiner Höhe
angekommen war, stieg er aus, stieß mit einem
kräftigen Tritt das Rad um. Bevor sie noch richtig
verstand, dass sie mit Absicht vom Rad befördert
worden war, hatte er sie schon in seiner Gewalt. Mit
angewinkelten Beinen auf der Seite liegend, ein
Klebeband über den halboffenen Lippen, blickte sie
in die stickige Nacht des Kofferraums.

Ihre Eltern hatten bezahlt. Sie war freigekom-
men. Hatte weitergelebt, mittlerweile noch einmal
so lang. Sie lebte. Ihr Gemüt hatte sich beruhigt, die
Therapeuten hatten ihr Inneres nach außen gekehrt,
geflickt, gebügelt und wieder eingesetzt, die Eltern
hatten sie gehegt und gehätschelt, die Gleichaltrigen
waren ihr mit stummem Respekt begegnet. Fortan
wurde sie von einem Fahrer mit dem Auto zur Schule
und wieder nach Hause gebracht, das Fahrrad war
konfisziert worden. Der Finger fehlte ihr, aber sonst
eigentlich nicht viel, jedenfalls schien es so. Sie las
russische Romane und deutsche Verse, übte Klavier
und lachte, kicherte sogar, bekam regelrechte, nicht
mehr aufzuhaltende Lachkrämpfe, ein Wort oder
eine Geste genügten, und der ganze Leib zog sich

zusammen, der Rücken krümmte sich; dass Lachen schmerzte, war eine ihrer frühen Erfahrungen. Wie es aber wirklich aussah in ihrer Seele, was heil geblieben und was nicht, oder was vielleicht nie heil gewesen war, das blieb den Ärzten und den Eltern und ihr selbst verborgen, es gehörte nicht zu den Dingen, die man wissen konnte, ebenso wenig, wie man eine Fata Morgana vermessen kann. Etwas aber war ihr geblieben seit ihrer Verschleppung, eine Veränderung, die zwar nicht messbar, aber doch für sie deutlich zu spüren war: Seit der Sekunde, in der ihr Finger mit jenem weichen Klopfton auf den Boden geschlagen war, hatten sich ihr Bewusstsein und ihre Wahrnehmung nie wieder ganz beruhigt. Es war, als trüge sie seither eine Vergrößerungslinse in jedem Auge, und eine ähnliche Vorrichtung zur Bewusstseinsschärfung im Hirn. Solange sich kein anderer Name aufdrängt, soll sie deshalb Luchs heißen.

9

Mit dem herausfordernden Geheul von Kriegs-
geschossen strebten die Leuchtraketen aufwärts und
schienen sogleich vom Himmel verschluckt zu werden, lautlos in einem schwarzen Gewässer zu ver-
zischen, bevor sie sich krachend zu silbernen Schir-
men und violetten Sträußen öffneten, Trauerweiden
aus Licht, deren lange Äste, zu Boden sinkend, einer
nach dem anderen ins Leere griffen und erloschen.
Die Kriegsmaschinerie schwamm im Hafenwasser
auf einer flachen Barke, ferngesteuert von zwei
dunklen Silhouetten.

Es war die Nacht vom 13. auf den 14. Juli, Luchs
stand mit angewinkelten Armen, die Hände in den
hohen Seitentaschen ihrer dunkelblauen Jacke, inmitten einer überschaubaren Menschenansammlung aus Einheimischen und Urlaubern auf dem
Platz, der sonst zweimal in der Woche als Marktplatz
und an den übrigen Tagen als Parkplatz diente, vor
dem Hafen. Während sich am Himmel die funkeln-

den Figuren abwechselten und ihren bald roten, bald blauen oder grünlichen Widerschein auf die Wangen der Zuschauer warfen, blickte sie zu Boden, wo zwischen dem Säulengewirr der Erwachsenenbeine schräg vor ihr ein Junge vor einem Taschenkrebs hockte. Träge, wie sich Tiefseefische am Meeresgrund bewegen, regte das entkräftete Tier, dessen Panzer die Ausmaße einer Männerhand haben mochte, seine acht dünnen Beine und die eine Schere, die ihm geblieben war; die andere hatte man ihm ausgerissen, oder es hatte sie verloren.

Um den Panzer zu fassen, brauchte der Junge beide Hände. Vorsichtig richtete er sich auf und hielt mit ausgestreckten Armen den Krebs vor sich in die Höhe, die Vorderseite des Tieres mit den winzigen, in die Schale eingelassenen Augen dem Feuerwerk zudrehend, wie man vor einem Schauspiel oder einem Umzug ein Kind hochhebt, damit es besser sieht. Am Himmel platzten nun dicht hintereinander die Leuchtkörper, in einem atemlosen Finale stülpten sich die bunten Lichtschirme übereinander, und angesichts des prasselnden Firmaments über ihnen drehte keiner der Umstehenden den Kopf zu dem Jungen hin oder zu der großen Krabbe, die sterbend, mit letzter Kraft, einem urzeitlichen Götzenbild ähnlich oder einem am Ostersonntag die Gläubigen von seinem Balkon aus segnenden Papst, ihre rechte, übriggebliebene Schere sachte hin- und herbewegte.

Nach ein paar letzten, vereinzelten Explosionen wurde es still, die Menschen lösten sich aus ihrer Betäubung und wandten ihren Blick wieder vom Himmel ab, vor dessen weiter, gleichmäßig schwarzer Fläche der Wind noch an ein paar Rauchschwaden zerrte, die auch bald zerrannen. Vor dem Maul des Krebses, den das Kind jetzt gegen seine Brust gedrückt hielt, blähten sich kleine, schaumige Luftblasen.

Luchs sah den Jungen zwischen den auseinandergehenden Zuschauern zur Hafenmauer laufen und das fast leblose Tier an einem Faden, den er um den Panzer gebunden hatte, in das dunkel spiegelnde Wasser gleiten lassen. Sie ahnte, dass er den Krebs immer dann, wenn er große Zeichen von Erschöpfung zeigte, ins Wasser ließ, damit er atmen und vielleicht fressen konnte und wieder etwas zu Kräften kam.

Findet er genug Nahrung hier im Hafen?, fragte sie das Kind, dem sie gefolgt war.

Der Junge sah kurz zu ihr hoch und dann gleich wieder auf den Faden, der unter ihm wie ein Senkblei im leicht bewegten, undurchsichtigen Wasser verschwand.

Ich gebe ihm zu fressen, murmelte er gerade noch laut genug, dass sie ihn verstehen konnte.

Was gibst du ihm?

Tote Muscheln.

Hinter ihnen fing die Band wieder an zu spielen, die während des Feuerwerks Pause gemacht hatte. Luchs ging neben dem Jungen in die Hocke, zog ein Päckchen Tabak aus der Jackentasche und drehte sich eine Zigarette. Der Junge schaute von seinem Faden weg und auf ihre Hände, während sie Tabak auf dem Blättchen verteilte, ihn darin einschlug und schließlich mit der Zunge über den klebrigen Rand strich. Als sie die kleinen Tabakbärte von den Zigarettenenden zupfte, sagte er mit fester Stimme:

Deinen Finger habe ich ihm auch gegeben.

Aus dem Feuerzeug kam nur immer wieder der kleine Funke, den der Zündstein schlug, aber keine Flamme.

Sie behielt die Zigarette zwischen den Lippen und richtete sich, ohne sich mit den Händen abzustützen, aus der Hocke auf.

Wo hast du ihn gefunden?, fragte sie.

Der Junge zeigte ein Stück weiter zum offenen Meer hin auf die Kaimauer, an der in regelmäßigen Abständen eiserne Sprossen zu dem bei Ebbe freigelegten schlammigen Hafenboden hinunterführten.

Vor der alten Konservenfabrik. Unten, wo ich die Muscheln suche. Bei Ebbe.

Luchs schaute schweigend zu dem breiten Schatten des verlassenen Fabrikgebäudes hin. Dann wandte sie den Blick zu dem Jungen hinunter, unter dessen Mütze kupferfarbene Locken hervorkrochen und sich um den Mützenrand rankten.

Als ich den Finger verloren habe, warst du noch gar nicht geboren, sagte sie mit sanfter Stimme.

Der Junge hatte angefangen, an seinem langen Faden die Krabbe wieder an Land zu ziehen, deren gemsfarbener Rücken dann auch bald die Wasseroberfläche durchbrach, triefend und voller Einbuchtungen, als hätte das Tier einst, da der Panzer noch weich wie ein Kinderschädel gewesen sein mochte, ein paar heftige Stöße abbekommen. Die dünnen, haarigen Beine bewegten sich kaum schneller als zuvor, und die schwarze Scherenspitze fuhr kraftlos durchs Leere.

Vielleicht hätte sie ihm das Tier entreißen und es mitsamt seiner Schnur um den Bauch ins Wasser werfen wollen, jedenfalls setzte sie zu einer Bewegung an, die darauf hätte hinauslaufen können, dann aber in eine Drehung überging. Im Weggehen legte sie kurz ihre rechte, vierfingrige Hand auf die Mütze des Jungen.

Eine Weile stand sie am Rand des Parkplatzes, der mittlerweile als Tanzfläche diente, unweit eines grellbunten, heftig wackelnden Plastikschlosses von den Ausmaßen eines kleinen Hauses, über dessen wuls-

tige, mit Luft gefüllte Mauern Kinderrufe zu ihr her-
überdrangen. Auch zwischen den Tanzenden lachten
Kinder und hüpften neben dem Stampfen der Musik
her, dem sie ihren eigenen, chaotischen Takt vorzogen.

Luchs schlängelte sich durch die Tanzenden hindurch, bis sie ganz von ihnen umfangen war; manche
schlossen wie hypnotisiert die Augen, andere lächelten, zu gemeinsamer Fröhlichkeit auffordernd, ihren
Nachbarn zu. Luchs gehörte eher zu den Letzteren,
sie blickte in die schlingernden Gesichter, die sie
umgaben, und manchmal lächelte sie jemandem zu.
Ihr glänzender Kopf drehte sich in der Mitte einer
immer kleiner werdenden Schar, sie tanzte und
tanzte, bis, schon weit nach Mitternacht, ein be-
trunkener, bulliger Mensch mit spitz zulaufenden
schwarzen Koteletten ihrem Tanzen ein Ende machte,
indem er sich ihr immer wieder aufs Neue in den
Weg stellte und nicht weichen mochte. Eigentlich
wollte er sie wohl nur auf sich aufmerksam machen,
aber als sie darauf nicht einging, griff er sie rabiat
am Arm und zerrte sie mit sich fort.

Nachdem drei junge Männer, die noch an dem
kleinen Getränkestand gelehnt hatten, sie aus dem
Griff des Zechers befreit hatten, verließ sie den Platz
und ging, nicht am Kai entlang, sondern über eine
dahinter, zunächst parallel zur Hafenstraße verlau-
fende Gasse, in Richtung Strand und Hotel.

Niemand folgte ihr.

Die Gasse führte den Hang hinauf, von dem aus einige der kleinen Villen, deren Fensterläden sich nur im Sommer öffneten, einen Blick auf die bald ausgetrocknete, bald vom Meereswasser überflutete Flussmündung hatten. Bevor die Straße sachte in Richtung Meer abfiel, führten ihre Schritte Luchs an einem hellblau gestrichenen, dreistöckigen Mietshaus aus der Nachkriegszeit vorbei, dem das Hospiz auf der anderen Straßenseite die Sicht nahm. Alle Fenster des Wohnhauses waren dunkel. Hinter einem von ihnen, im zweiten Stock rechts, lag, gegen die Wand gedrängt, obschon das Bett recht breit war, die Hände nach innen geknickt und die Augen im Schlaf zusammenpressend, als könnte er dadurch die Traumbilder abwehren, Sperber.

Als der blonde Haarkranz, aus dem sich beim Tanzen lange Strähnen gelöst hatten, unter seinem Fenster vorbeizog, lockerten sich kurz seine verkrampften Lider. Aber vielleicht war das eine Täuschung.

10

Wie eine gigantische Quelle am Horizont überflutete die Sonne die kleine Hafenbucht und verschenkte die Opulenz ihres Morgenlichts an ein paar wenige Frühaufsteher. Ein warmes Brot in der Hand, stand Sperber vor der Bäckerei und hätte, geblendet von den Lichtmassen, die hellen, runden Umrisse des Kopfes fast nicht erkannt, der hinter den getönten Fensterscheiben des Busses an ihm vorüberglitt. Das Gesicht war der neuen Herrlichkeit der aufgehenden Sonne zugewandt, nur einmal drehte Luchs es kurz ihm oder den rötlich angestrahlten Häuserfassaden hinter ihm zu, und es war nicht auszumachen, ob sie ihn sah.

Es war der Autobus, der den Hafenort mit der nächst größeren Stadt und dem nächsten Bahnhof verband. Die Fremde, sagte sich Sperber, kehrt nach Hause zurück, in die Hauptstadt vermutlich oder in einen ihrer vielen Vororte. Er spürte das schneidende Bedürfnis zu wissen, wo dieses Zuhause war. Während das Brot in seiner Hand langsam abkühlte, folgte er mit den Augen den silbern aufblitzenden Formen des Busses, der federnd die Hafenrundung entlangfuhr, dann die Brücke überquerte und sich schließlich auf der anderen Seite der Ria den Hang hoch mühte, bis er nach einem letzten Aufblinken zwischen Häusern verschwand.

Den Blick auf die noch weiche Brotstange senkend, die vom Druck seiner Hand geknickt war und matt, ja völlig erledigt hinunterhing, schnaubte Sperber kurz auf; zu einem Lachen reichte es nicht.

Er war am Vortag wieder mit einem der Fischer aufs Meer gefahren und, nach ein paar Gläsern Weißwein bei seiner Rückkehr, am frühen Abend eingeschlafen. Von dem Krachen des Feuerwerks war er aufgewacht, hatte in den fast unerträglichen Momenten der Stille darauf gewartet, dass die Geschosse in seinen Ohren explodierten, ohne die Kraft zu finden aufzustehen. Dann war er wieder eingeschlafen. Noch in der Morgendämmerung war er aufgestanden und bis ans Ende der Mole gelaufen, von wo aus er die Sonne mit königlichem Phlegma aus dem unbewegten Meer hatte steigen sehen.

Er würde die Frau wiederfinden.

Er blickte auf das kläglich eingeknickte Zepter, das er in der Hand hielt, auf die leeren Hülsen der Leuchtraketen, die über den Asphalt verstreut waren, auf seine Schuhe, wo das Wasser salzweiße Ränder hinterlassen hatte. Er würde sie finden inmitten der Unzahl von Menschen, die Tag für Tag durch die unterirdischen Gänge der Hauptstadt drängten, die in Trauben auf den Avenuen und Boulevards darauf warteten, von der fetten Autoraupe durchgelassen zu werden, in der Menge derer, die, einer am anderen, dicht wie im Kino, auf den Caféterrassen saßen vor ihren Panachés, ihren Croque-Monsieurs und ihren Salaten à la niçoise. Dort, wo jede Lücke sich augenblicklich schloss, wo jeder freiwerdende Platz von einem unverzüglich Hinzutretenden wieder eingenommen wurde, dort, wo alle Schienen und alle Straßen hinführten, dort würde er sie finden.

Während er sich die Straßen und Plätze der Stadt ins Gedächtnis rief, an deren Peripherie er geboren und aufgewachsen war, während er sich in die Windungen und Verästelungen ihrer Straßen hineinbohrte, sich die Fülle und Dichte ihrer Behausungen vergegenwärtigte, wurde ihm klar, dass sein Vorhaben ganz und gar aussichtslos war. Zu viele Tage hatte er tatenlos vergehen lassen, hatte den Moment verpasst, wo eine Annäherung, ein Wortwechsel hätte geschehen können. Mit unerwarteter Heftigkeit traf ihn die Empfindung, in dem ungeheuerlichen Heuhaufen der Lebenden jemanden für immer verloren zu haben. Er dachte an jene verzweifelten Anzeigen, die jeden Tag in einer der nationalen, also vor allem hauptstädtischen Tageszeitungen zu lesen waren: »Metrolinie 4. Ich: aschblond, schwarze Lederjacke, las ›Herz der Finsternis‹. Du: dunkler Pagenschnitt, rotes Kleid, Denfert-Rochereau ausgestiegen. Möchte dich wiedersehen.« Der Gedanke an jene Flaschenpost-Anzeigen entmutigte ihn noch mehr. Tag für Tag gingen in dem monströsen Getriebe der Stadt Menschen einander für immer verloren; ein Augenblick des Zögerns, und die Metrotüren schlugen krachend zu, oder die Menschenmenge schloss sich hinter einer flüchtigen Erscheinung mit dem gleichgültigen Malmen eines verdauenden Magens. Er aber hatte mehrere Wochen verstreichen lassen, war wieder unter Menschen gegangen, war aufs Meer hinausgefahren, hatte gesummt und gesungen, als wäre ihm die Nähe der Goldbekränzten für immer versprochen.

Endlich löste sich Sperber aus seiner langen Starre und aus der Glut des Morgenrots und ging nach Hause. Er schnitt das abgeknickte Brotende in zwei Hälften, die er mit gesalzener Butter bestrich, dazu trank er starken, süßen Kaffee.

Er würde in das Hotel zurückgehen und die argwöhnische Rezeptionistin befragen; falls sie ihm, was wahrscheinlich war, die Adresse der Abgereisten nicht geben wollte, könnte er ihr immerhin einen Brief für sie aushändigen und sie bitten, den frankierten Umschlag zu beschriften und abzuschicken. Er sah die hellrot geschminkten, feinen Lippen der Hotelfrau vor sich, ihre zu hohen Haken gezupften Augenbrauen, ihre scheele Art, sein Schuhwerk und seine ausgefransten Hosenbeine zu betrachten. Sie war imstande, ihm zu versprechen, sich darum zu kümmern, nur um ihn möglichst schnell wieder loszuwerden und seinen Brief, sobald er dem Hotel den Rücken gekehrt haben würde, in den Papierkorb zu werfen.

Heiß, fast brennend floss der Kaffee seine Kehle hinunter.

Er stellte sich vor, wie er die Rezeptionistin überwältigen und sie zwingen würde, ihm die Auskünfte zu geben, die er haben wollte, deutlich sah er sich ihr ins Gesicht schlagen, dann schüttelte er sich innerlich und schnaubte wieder.

Einem langsam vorrückenden Lavastrom gleich war ihm das Sonnenlicht hinterhergekrochen; über den Boden der eben noch dämmerigen Küche wälzte sich jetzt, da Sperber, aus seiner Einbildung erwachend, um sich schaute, ein roter Lichtfluss, der durch die Tür zu seinem Schlaf- und Wohnzimmer Einlass gefunden hatte.

Er wusch seine Tasse, den Löffel und das Messer ab, trocknete sie nacheinander, hängte das feuchte Handtuch über den Fensterknauf. Eine Tasse, ein Löffel, ein Messer! Kläglich wie die eines Gefängnisinsassen kamen ihm diese einsamen Verrichtungen vor.

Er musste aus dem Haus, musste gehen und atmen.

In dem hölzernen Briefkasten, den er mechanisch im Vorbeigehen aufklappte, obwohl er wusste, dass der Briefträger erst am späteren Vormittag die Post bringen würde, lag ein unfrankierter, unbeschrifteter Umschlag; nicht einer jener dünnen, gräulichen, aus Altpapier gewonnenen Lappen, sondern ein fester, kalkweißer, auf der Rückseite mit einem kleinen Wasserzeichen versehener, zugeklebter Prachtumschlag. Das Wasserzeichen, sah Sperber, als er den Umschlag vor der Haustür ins Licht hielt, stellte, eingeschlossen in einen Kreis, ein Segelschiff dar.

Er steckte den verschlossenen Umschlag in die Innentasche seiner Jacke und zwang sich, ruhig zu gehen, wobei er einen der alten Ticks, die er in letzter Zeit fast verloren hatte, zu Hilfe nahm: Sooft sein linker Fuß den Boden berührte, tippte er die rechten Backenzähne kurz aneinander, und umgekehrt. Sein Körper war ein Pferd, das er mit regelmäßigem Schnalzen oder Tippen beruhigen und unter Kontrolle halten konnte.

Er überquerte die Brücke und ging auf der anderen Seite der Flussmündung die Straße entlang, die der Bus kurz zuvor hochgeschlichen war. Um auf dieser Seite der Ria zur Küste zu gelangen, musste man bei Flut, wenn der Strand nicht zugänglich war, durch den Nachbarort. Auf der Höhe angelangt, wo er den Bus aus den Augen verloren hatte, bog Sperber von der Hauptstraße ab und mühte sich, jetzt dem Meer und der erbleichten, dabei wärmer gewordenen Sonne entgegengehend, den Schritt nicht zu beschleunigen. Die Häuser, geduckt und schutzsuchend aneinandergedrängt, hießen hier Doux repos und Mon p'tit chez moi, und statt Gartenzwergen schmückten kleine Menhire die Vorgärten. Dann kam ein Bauwerk, das sich, umgeben von den üblichen Hortensienbüschen und flankiert von einer offenen, dem Blick des Vorübergehenden allerlei Gerümpel und Werkzeug darbietenden Garage, äußerlich von den anderen kaum unterschied, wenn nicht über der Eingangstür in gusseisernen Buchstaben die Worte »Ici, c'est l'enfer« gestanden hätten. Daneben war, Querbalken kopfunter, einer Art unheimlichem Ausrufezeichen gleich, ein umgedrehtes Kruzifix befestigt.

Sperber ging nun doch schneller, um das Haus dieses Spaßvogels, denn um was sonst sollte es sich handeln, hinter sich zu lassen.

Das Meer empfing ihn mit einem blendenden, zu dieser Stunde nur noch hellroten Teppich.

Auf den Resten eines Bunkers sitzend, über sich den wolkenlosen Himmel und das halbe Universum, ritzte Sperber mit seinem Opinel-Messer den weißen Umschlag auf und zog eine ebenso makellos weiße, schwere Karte hervor, auf der in kleiner, geneigter, flüssiger Handschrift und mit schwarzer Tinte nichts als ein Name und eine Adresse geschrieben standen.

Mit mächtigen Bewegungen seiner Schwingen, Hals und Kopf in einer langen, geraden Linie starr nach vorne zeigend, flog nahe am Ufer ein Kormoran dicht über das Wasser, ließ sich dann in Sperbers Nähe auf einem Felsbrocken nieder, öffnete mit einladender Geste seine Flügel und reckte die Brust vor, als wäre er in der schwärmerischen Stimmung, die ganze Welt zu umarmen. Lange blieb er so stehen, sehr sachte manchmal das Gefieder schüttelnd, den beweglichen Kopf über dem erstarrten Leib nach rechts und nach links wendend, und seine anfänglich begeisterte, jugendliche Haltung bekam immer mehr von der würdevollen Starre eines Reichsadlers.

Sperber sah aus dem Augenwinkel André, den örtlichen Philosophen, sich nähern und ließ den weißen Umschlag in die Innentasche seiner Jacke zurückgleiten. Freundlich lächelte er dem allzeit Umherwandernden zu, dessen Augenbrauen sich, weil er gegen die Sonne schaute, noch grimmiger als sonst in der Mitte der Stirn zusammengezogen hatten und sich erst jetzt, da er seinerseits zu lächeln begann, wieder trennten und jede über ihr Auge rückten.

André setzte sich neben ihn auf das halb versunkene Bunkersegment und begann, Sperber das auseinanderzusetzen, was er seine »Theorie des Perizomas« nannte.

Sperber hatte noch nie von einem Perizoma gehört und nickte.

Das Perizoma, sagte André, ist das Lendentuch Christi.

Gott ist Geist, sagte er. Genauso wenig wie Gott selbst kann sein göttlicher Sohn ein Geschlecht haben. Das Lendentuch ist eine Erfindung Marias, um die Nacktheit ihres Sohnes nicht sehen zu müssen.

Aber wenn es doch gar nichts zu sehen gab?, sagte Sperber.

Seine Augen hingen an der Fähre, die soeben aus dem Hafen hinaus- und zur Insel hinüberfuhr.

Ohne auf Sperbers Frage einzugehen, fuhr André fort: Ich frage mich, warum bisher noch niemand auf den Zusammenhang zwischen dem Lendentuch, Marias hysterischer Blindheit und dem Phänomen der ophthalmologischen Migräne – er sagte »opthalmologisch« – hingewiesen hat.

Der Kormoran klappte seine Flügel zusammen, plusterte sich noch einmal auf und flog davon.

77

Wieso, sagte Sperber. Glaubst du, dass Maria unter Migräneanfällen litt?

Könnte doch sein, oder? Jedenfalls ist die Unterscheidung zwischen Frau und Mann eine irdische, deshalb kann Gott kein Mann sein. Dass Gott ein Mann ist, ist folglich eine männliche Erfindung.

Ich denke, es ist die Erfindung dieser hysterischen Maria?, sagte Sperber.

Er schob die rechte Hand unter seine Jacke und befühlte die feine Textur des Umschlags zwischen Daumen und Zeigefinger.

Außerdem ist Gott in Christus, seinem Sohn, Fleisch geworden, fuhr er frohgemut fort, und als Fleisch, Menschenfleisch nämlich, hat er entweder Frau oder Mann sein müssen, eine andere Wahl hatte er nicht.

André bestand darauf, dass auch Jesus geschlechtslos war und dass sich hinter dem Lendentuch nichts verbarg.

Dieses Nichts hinter dem Lendentuch, sagte er, ist das Bindeglied zwischen Christentum und Judentum, es verbindet die christliche Ära mit der Zeit zuvor, als Gott noch nicht Mensch geworden war.

In seinen Pupillen tanzten zwei funkelnde Punkte: die verdoppelten Spiegelungen der Sonne.

Mit einer jähen Handbewegung, die André leicht aufschrecken ließ, zog Sperber den weißen Umschlag aus der Jackentasche und hielt ihn ihm hin. Nachdem er einen Blick auf den Inhalt geworfen hatte, gab André ihm den Umschlag zurück.

Der Schleier ist in unseren Augen, sagte er mit seiner Philosophenstimme. Besonders in den Augen der Frauen.

Dann stand er auf und zog weiter.

11

Oben auf das Blatt warf er ohne Anrede den Namen hin, wie eine Ohrfeige oder wie man spuckt. Dann sprangen die Worte ihm davon, rasten vorwärts, wurden abrupt aufgehalten von Ausrufe- und Fragezeichen, häufig von beiden hintereinander, bäumten sich auf und preschten im nächsten Augenblick wieder ohne Punkt und Komma voran.

Ob sie glaube, wie über einen Gegenstand oder ein zahmes Tier über ihn verfügen zu können, was sie von ihm wolle, warum sie ihn nicht in Ruhe lasse, er wünsche weder Berührungen noch Küsse noch Briefe noch sonstige Aufdringlichkeiten, verschwinden solle sie (in seinem Schreibgalopp fiel ihm nicht ein, dass sie schon längst verschwunden war, in den Bus gestiegen und verschwunden, einfach nicht mehr da), er kenne sie nicht und wolle sie nicht kennen, wolle überhaupt niemanden kennen, von den paar Menschen abgesehen, die er nun einmal schon kannte, Frauen am allerwenigsten, und schon gar keine blonden Sirenen, wen glaube sie wohl mit ihren Goldhaaren einzufangen. Nichts wisse sie von ihm, gar nichts, und so werde es auch bleiben, sie solle sich hüten, sich ihm noch einmal auf welche Art auch immer zu nähern, wie eine Ziege würde er sie an ihren blonden Haaren an einen Pflock binden, wenn sie auch nur ein weiteres Mal sein Blickfeld durchkreuzte, und so ging es immer weiter, die Buchstaben verrutschten, und die Zeilen schoben sich übereinander in seiner wütenden Eile. Ob sie glaube, sie brauche nur mit den Fingern zu schnippen oder einmal kurz zu pfeifen, und die Männer würden angehechelt kommen? Warum sie ihre Hundepfeife denn gerade an ihm hatte ausprobieren wollen?

Es folgte, etwas ruhiger und vielleicht schon anderweitig erprobt, eine allgemeinere Denunziation weiblicher Verführungsstrategien, von denen die blonde Hexe, wie er sie nannte, eine besonders durchtriebene gewählt habe; wie ausgefuchst müsse man sein, um auf derartige Inszenierungen zu kommen, solche Kunststückchen – er schrieb: dieses Mottenfängersirren oder -leuchten – verfingen nicht bei ihm, er verabscheue und verachte jede Art weiblicher Strategien. Und was das angehe, worauf das alles gemünzt sei, so stelle ihm seine Faust dafür einen sehr vorteilhaften Ersatz.

Darauf in etwa beschränkte sich der Gehalt des Briefes, an den er sich später erinnern sollte. Deutlicher hatte er den Anblick der drei Briefseiten im Kopf, das wirre Gestoppel der über oder unter den schiefen Zeilen herausragenden Buchstaben, die zittrig ins Papier gekratzten Satzzeichen, die von seiner Erregung und Schwäche zeugten.

Schon während die Worte übers Papier sprangen, wusste er, wie albern seine Wut und seine Beschimpfungen waren und wie er sich damit bloßstellte, und er wusste, dass er diesen Brief nicht abschicken durfte. Ebenso genau wusste er, dass er ihn abschicken würde.

Welche Bedeutung hatte es schon, was diese Fremde von ihm dachte?, sagte er sich Tage später. Da hatte er gerade den weißen Umschlag mitsamt der darin verborgenen Karte über der Spüle verbrannt – wohl wissend, dass er weder Name noch Adresse vergessen würde.

Nach Mariä Himmelfahrt leerte sich die Küste, die Urlauberebbe setzte ein, die bis zum nächsten Juni andauern würde und wie immer gefolgt war von einer gewaltigen Reinigungsmaschine, den größten Meeresschwankungen des Jahres. An mehreren Tagen im August und vor allem im September, zur Tagundnachtgleiche, zog sich das Wasser so weit zurück, dass es ungeahnte, fast nie ans Licht kommende Felsen aufdeckte, weite, vielgestaltige Landschaften tauchten auf, die nach wenigen Stunden schon wieder überschwemmt sein würden. An jenen seltenen Tagen großer Ebbe und Flut kamen, so schien es, die weit verstreuten, vom Meer zerfressenen Ruinen versunkener Städte zum Vorschein. Die zackigen Rücken der niedrigen Felsmauern, die das zurückflutende Wasser vor der Küste entblößt hatte, ähnelten den bleiernen Ziergiebeln einer halb im Sand begrabenen gotischen Kathedrale, und tatsächlich war aus der Ferne ein Glockenläuten zu hören, das von einer der weiter im Land zurückliegenden Kapellen herrühren mochte.

Auf einen jener weit draußen im Atlantik verborgenen Felsen, der nur höchst selten seinen Scheitel blicken ließ, waren vor bald anderthalb Jahrhunderten Menschen von schwankenden Segelbooten gesprungen und hatten über viele Jahre hinweg, aber jährlich nur an wenigen Tagen, und an diesen wenigen Tagen höchstens zwei Stunden, manchmal nur eine Viertelstunde, solange die Flut ihnen Zeit ließ, den Leuchtturm Ar Men gebaut. Sperber suchte mit den Augen den dunklen Strich am Horizont, aber die Insel und Ar Men waren ihm von der äußersten Spitze des Kaps, das wie eine Silexspitze in den Ozean gerammt war, verborgen. Er versuchte sich vorzustellen, wie sich unter dem Einfluss zweier nahezu gleich starker Kräfte, der Anziehungs- und der Fliehkraft, die Meere bewegen, wie sie vom Mond angezogen sind und die kreisende Erde fliehen wollen, aber doch immer wieder von ihr festgehalten werden. Und er staunte, dass die Erde mit ihren Kontinenten und Meeren und sogar die Gestirne Platz hatten in seinem Kopf und dass dieses Perpetuum mobile sich gleich zweimal drehte, einmal spielzeuggroß in seinem Geist und noch einmal, in phantastischem Umfang, um ihn herum.

Wie jeden Tag hatten ihn seine Schritte zum offenen Meer geführt. Sein Blick war vor ihn auf den Boden gerichtet, wo das abfließende Wasser züngelnde Flammen in den Sand gezeichnet hatte. Die Rinnsale, am Ende fadendünn, mündeten in immer breitere Verästelungen, in den weiten, lodernden Flächenbrand des Ozeans.

Weichende Wasser, weichende Wasser, wovon zehrst du, Feuer, du brennst und brennst.

Er sagte oder sang diese paar Worte vor sich hin, von denen er selbst nicht wusste, was sie bedeuten sollten, und trat dabei ein paar Schritte vor. Er stand nun mitten in dem in den Sand gezeichneten Gezüngel, und tatsächlich meinte er, vielleicht weil die Wolkendecke sich lichtete in jenen Augenblicken, ihre Hitze zu spüren.

Lass die Wasserflammen brennen, lass die Wasserflammen brennen. Einmal sagt das Feuer: Es ist gut.

Wieder und wieder wisperte er die unwillkürlich zu einem Lied oder Singsang gefügten Worte, diese Beschwörungsformel, die ihn an alle Irrungen seines vergangenen Leben gemahnte, an alle Ausflüchte und Saumseligkeiten, an die Frau, die er vor vielen Jahren geheiratet und dann verlassen hatte, an das Kind, das nun kein Kind mehr war und seinem Vater nicht schreiben wollte, an einen Freund, den er im Zorn ins Gesicht geschlagen hatte, an viele andere Menschen und Vorkommnisse, auch an die goldbekränzte Fremde und an Heather, die Engländerin, seine ganze Vergangenheit flammte auf, stieg ihm in den kahlen Kopf, der nach und nach glutrot wurde, bis seine Lider heiß waren und geschwollen. Mehr greifend als fäusteballend streckte er beide Arme zum Himmel und fiel der Länge nach – oder er ließ sich fallen – in den feuchten, von feinen Furchen durchzogenen Sand.

Flach blieb er auf dem Bauch liegen, den Kopf zur Seite gedreht; Zeit verging. Vor seiner Nase, in kaum einer Handbreit Entfernung, aber von Sperber ungesehen, lief ein Einsiedlerkrebs an ihm vorüber, mit einem Teil seiner Beine sein schützendes Gehäuse festhaltend, mit vier weiteren Haus und Leib vorwärtsbewegend, anscheinend unbekümmert, als wäre der Liegende kein ungleich größeres und somit bedrohliches Lebewesen, sondern eine angeschwemmte tote Robbe oder ein Stein. Und doch war das kleine Tier selbst, war seine ganze Erscheinung ein Inbild der Schutzbedürftigkeit.

Später roch ein weißbrauner, verfilzter Foxterrier an Sperbers Kinn und Ohr, tippte ihn an mit seiner feuchten Schnauze, ohne dass er davon wachgeworden wäre, gefolgt von einer blassen Frau, die, eine abgenutzte, lederne Leine um den Hals, das rote Haar zu einem lockeren Zopf geflochten, mit eiligen Schritten den Weg verließ und zum Strand hinunterstieg, wo sie den Mann im Sand hatte liegen sehen.

Heathers Schritte wurden langsamer, je näher sie dem bewusstlos Scheinenden kam. Vorsichtig, wie man sich im Western einem angeschossenen Gegner nähert, von dem man nicht weiß, ob er nicht nur den Toten mimt und, sobald man in Reichweite ist, versuchen wird, zur Waffe zu greifen oder sonstwie seinen Gegenspieler zu überwältigen, sehr vorsichtig ging sie erst in einigem Abstand um den Liegenden herum, bevor sie an ihn herantrat. Sie blieb stehen, schaute auf ihn herunter. Sagte halblaut seinen Namen. Sich vorbeugend, die Beine nur leicht angewinkelt, fasste sie Sperber an Schulter und Hüfte und drehte ihn auf den Rücken.

Die Gesichtshälfte, die am Boden gelegen hatte,

war gerötet, das Muster des grobkörnigen Sandes hatte sich darin eingeprägt; aus der anderen Gesichtshälfte schien alles Leben gewichen, sie war blutleer und bläulich weiß.

Langsam richtete Sperber den Oberkörper auf und stützte sich auf die Arme. Mit diesem eigenartigen Janusgesicht, in dem zwei hellgraue Augen saßen, glich er einer Katze mit zweifarbigem Kopf.

Hör zu, sagte er mit schwerer Zunge, oder hör weg, wenn du magst. Ich bitte dich um Verzeihung. Ich möchte etwas für dich tun.

Heather schaute zum anrückenden Meer hin, das die Giebel der Kathedrale fast schon wieder zugedeckt hatte. Darüber war der Himmel von einem dunklen, einförmigen Weiß.

Wenn etwas zu vergeben war, habe ich es vergeben, sagte sie, ohne ihn anzusehen. Lass es gut sein.

Bevor sie sich wegdrehte und weiterging, warf sie ihm noch einen kurzen Blick zu, nicht kalt, aber ohne den Anflug eines Lächelns. Sie war schon fast am Weg angelangt, als er sie einholte.

Es hat Zeit, du musst das nicht sofort entscheiden, sagte er. Wenn es etwas gibt, das ich für dich tun kann, dann tue ich es, was auch immer es ist.

Sie blieb stehen, drehte sich zu ihm hin und sah ihm ins Gesicht.

Das ist nicht nötig, sagte sie entschieden.

Und mit nicht unfreundlicher, eher sanfter Stimme fügte sie hinzu: Du willst nichts für mich tun, du willst etwas für dich tun. Das ist keine schlechte Idee. Tu etwas für dich. Mich brauchst du nicht dazu.

Schweigend standen sie sich gegenüber, bis der Hund anfing zu bellen und an ihr hochzuspringen.

Als sie davonging, sah Sperber sie mit einer Hand den schweren roten Zopf über ihre Schulter schwingen und vor ihre Brust holen, wie um ihn seinem Blick zu entziehen.

12

Seine Beine wollten ihn kaum nach Hause tragen, so schwer wogen alle seine Gliedmaßen, so mühsam war, seit er sich am Strand wieder aufgerichtet hatte, das Atmen geworden. Vor dem Hospiz, wo er dazu ansetzte, die Straße zu überqueren, wäre er fast unter die übergroßen Räder eines fast geräuschlos herangleitenden Wagens gekommen. Der Wagen fuhr weiter, Sperber blieb am Straßenrand zurück. Was sollte er tun? Er wollte sich setzen oder hinlegen, aber die Vorstellung, in seine Wohnung zurückzukehren, den feuchten, leicht modrigen Geruch des alten, auch im Sommer nie ganz austrocknenden Gemäuers einzuatmen, verursachte ihm Übelkeit. Von einer großen Unentschlossenheit befallen, verharrte er vor seiner Haustürschwelle, die eine oder andere Möglichkeit des Handelns bedenkend und augenblicklich wieder verwerfend, bald bereit, sich wieder, egal wohin, auf den Weg zu machen, doch nach zwei Schritten umkehrend, und wie er da stand und sich in seiner Unruhe kaum vom Fleck bewegte, bot er – niemandem außer uns, die wir aus der Ferne auf ihn blicken, denn die Straße war menschenleer – das Bild eines Mannes in Not. Ein Ziel wäre eine Rettung gewesen, kein großes, existentielles, bloß eines für den allernächsten zurückzulegenden Weg, die nächste halbe Stunde Leben, aber es zeigte sich keines, ein Wall von wirren, panischen Gedanken ließ weder Wunsch noch Ziel an ihn heran.

Er lehnte sich an die Hauswand, schrammte dann mit dem Rücken an der Wand entlang zu Boden, blieb sitzen und begann, mit geschlossenen Augen im Kopf das Alphabet aufzusagen, jeden Buchstaben für sich und zu jedem ein Wort, A – arbre, B – balançoire, C – cendre, D – doryphore, und noch einmal und noch einmal, das ganze Alphabet durch, bis etwas Ruhe in ihn eingekehrt war. Dann richtete er sich langsam wieder auf. Immer noch war niemand zu sehen auf der Straße. Er ging durch den Hausflur, stieg zu seiner Wohnung hinauf; die Feuchtigkeit hatte an den Stufen das Linoleum abgelöst, das sich nun an den Ecken starr nach oben bog.

In einer Ecke seines Zimmers lagen noch immer auf einem Blatt Papier das rote Haar und die schwarze Eikapsel des Rochens, undechiffrierbar. In seiner

Ratlosigkeit sah sich Sperber nach einem eindeutigen Zeichen um, nach einer Weisung, die er hätte erkennen und beherzigen können. Er war jetzt weniger erregt. Der Ausweg aus seiner Hilflosigkeit, dachte er, war innerhalb dieser vier Wände zu finden, wie ein Schlüssel, den er verlegt hatte. Wenn er ihn geduldig genug suchte, würde er ihn finden.

Seine Augen durchkämmten das Zimmer, ruhten auf den wenigen darin enthaltenen Gegenständen, drangen in die Ritzen unter den Fußleisten und hinter die rostigen Heizkörper. Auf einer der an die Wand gehefteten Postkarten mit dem Porträt Max Jacobs blieben sie schließlich hängen. Der kahle Schädel mit den eckigen Ohren ragte aus der Halskrause eines Harlekins heraus oder über einem Stacheldrahtzaun hervor; über den gesenkten Augen des Dichters wippten lange Mädchenwimpern, die Brauen waren feine Striche, wie rasiert und nachgezogen. Als die Zeichnung entstand, war der Porträtierte schon neun Jahre tot.

War dies der Mann, von dem die Weisung kommen würde?

Sperber wühlte in den Büchern, die, aus der Zeit, als er noch Bücher gelesen hatte, an einer Wand entlang gestapelt waren, und fand mehrere Gedicht- und Prosabände Max Jacobs. Er öffnete sie und blätterte sie durch; die Gedichte waren ihm fremd, als läse er sie zum ersten Mal, dabei schienen sie ihm von einer unbeholfenen Anmut, wie von einem Kind. Vielleicht war es gerade diese Unbeholfenheit, dieses Kunstlose, was ihn davon überzeugte, dass er hier einen Rat, einen Hinweis, ein ihm bestimmtes Zeichen finden würde.

Er klappte die Bücher wieder zu, ging im Zimmer umher. Er spürte neue Kräfte in seinen Gliedern und zugleich die alte, neu aufwallende Ruhelosigkeit. Und obwohl er sich gerade erst erschöpft nach Hause geschleppt hatte, zog es ihn schon wieder ins Freie, er musste gehen, musste seine Beine, die immer mehr das Zentrum seiner Unruhe bildeten, bewegen. Im Hinausgehen griff er wahllos nach einem der Gedichtbände, steckte ihn sich in die Jackentasche und sprang die Treppe hinunter.

Ein fast unsichtbares, laues Regentreiben umfing ihn vor der Tür, und ohne ein anderes Bestreben, als seine Beine zu beschwichtigen, ging er los, durchstreifte den küstenferneren Teil des Ortes, wo die meisten Häuser neu und von kurzgeschorenen Rasenflächen umgeben waren und auf den Pfeilern der Gartenzäune steinerne Löwen und Adler mit ausgebreiteten Schwingen saßen. Im Wandern durch die fast unbefahrenen Straßen zog Sperber das Buch aus der Tasche und las, besprüht von feinem Regen, in

den ungelenken Gedichten des jüdisch-katholischen
Bretonen, und durch das Gehen im Regen wurden
die Verse geschmeidiger und lebendiger, sie wuchs-
sen aus den Seiten heraus und in Sperbers Seele hinein, Vers für Vers, Wort für Wort.

Und genau in dem Moment, da er an eine Kreuzung gelangte und damit an die Ausfallstraße, ein
gutes Stück schon hinter dem Ortsausgang, stieß er
auf das Zeichen, auf das er gewartet hatte. Er blieb
stehen, das offene Buch in der gehobenen Hand. Und
während die Autos in beiden Richtungen an ihm
vorüberrauschten und dem Vortrag ihr unregelmäßi-
ges, willkürliches Metrum unterlegten, las er mit
klarer, vernehmlicher Stimme das Gedicht, das den
Titel »Die Abreise« trug:

Adieu du Teich und alle meine Tauben
Die ihr in eurem Turm so freundlich euer seidiges
                                                          Gefieder
Spiegeltet und euren weißen aufgebauschten Kragen
          Adieu du Teich.

Adieu du Haus mit deinen blauen Dächern
Wohin zu jeder Jahreszeit so viele Freunde für ein
Wiedersehen meilenweit gefahren kamen
          Adieu du Haus.

Adieu du Wäsche die du auf der Stachelhecke
                                    trocknest
Nah dem Glockenturm! Oh! Wie oft ich dich
                                    gemalt –
Wie meine eig'ne kenn ich dich und seh dich an
            Du Wäsche du, adieu.

Adieu du Täfelung! Ihr vielen durchsichtigen Türen.
Über dem Parkett so spiegelglatt gebohnert
Weiße Stäbe und dazwischen Schillerfarben
            Adieu du Täfelung.

Adieu ihr Wiesen und ihr Früchte, Keller, Planken
Und unser Boot mit seinem Segel auf dem Teich
Adieu unsere Magd mit ihrer weißen Haube
            Adieu ihr Wiesen.

Adieu auch du mein hellovaler Fluss
Adieu du Berg! Adieu geliebte Bäume!
Ihr seid meine Hauptstadt, ihr hier alle
            Und nicht Paris.

II

1

Es war Nacht.

Durch die vielfarbigen, unsteten Lichter der Hauptstadt, verborgen in ihrer Helligkeit, bewegten sich, getrennt durch den trägen, schlammigen Fluss, Luchs und Sperber, zwei Menschen, die voneinander wussten. Aus der Höhe der Wolken betrachtet, rührten sie sich zwischen den Lichtern der nächtlichen Stadt wie inmitten einer gewaltigen, geräuschlosen Feuerglut, während in den Häusern die meisten Bewohner schon in ihren Betten lagen, die einen über den anderen bis in die sechste Etage hinauf, und schliefen, während die Mörder mordeten, die Selbstmörder ihre Stricke knoteten oder Tabletten schluckten, Katzen und Diebe über Dächer strichen, in Dunkelräumen schweißnasse Leiber ineinanderdrangen, während die Einsamen auf ihre Bildschirme starrten und über unsichtbare Wellen berührungslos mit den Einsamen anderer Städte und Kontinente in Berührung kamen, während unter der Erde die letzten Metrowagen durch ihre zwielichtigen Röhren klapperten und auf der ganzen, unbegreiflich großen Erde Menschen und Tiere nebeneinander lebten, fühlten, atmeten. Sperber und Luchs, ihr seid gemeint, schaut auf!

Sie gingen, er auf der rechten, sie auf der linken Flussseite, jeder einem Ziel entgegen. Es war ihnen keinerlei Regung anzumerken. Und doch – legen wir das große imaginäre Stethoskop an – schlugen ihre Herzen in jenen Augenblicken einige Takte lang genau im gleichen Rhythmus, als schlügen sie im selben Leib.

Bevor wir uns ihnen wieder nähern und sie auf ihren Wegen begleiten, halten wir noch inne für einen Moment, bleiben wir hier oben in den Wolken und lauschen wir, verstärkt von unserem Geisterohr, dem Pochen der Herzen in der großen Stadt. Als welch ungeheures, markerschütterndes Getrommel dringt es zu uns empor!

Sperber war im Norden der Stadt im Buttes-Chaumont-Park eingeschlossen. Hier, vielmehr auf dem stillgelegten zweigleisigen Bahngelände, das ringförmig die Stadt umschloss und von dem im Norden ein Abschnitt teils über, teils unter der Erde den Park durchquerte, hatte er seit seiner Ankunft die Nächte verbracht. Die Bahnstrecke, Petite Ceinture genannt, war einer der vielen Gürtel, die den im Laufe der

Jahrhunderte immer dicker werdenden Bauch der Hauptstadt umfingen.

Sperber kannte niemanden mehr in der Metropole, der ihn hätte beherbergen können. Zudem drängte es ihn, der nun schon Jahre in keiner Stadt mehr gewesen war, vor den allgegenwärtigen Menschenmassen zu fliehen und sich wenigstens für die Nacht in stille, dunkle Gegenden zu begeben. In der Metrostation Jaurès, wo er an einem Stand eine Melone kaufte, hatte ihm ein junger Mann von den Antillen die Petite Ceinture als Rückzug empfohlen und ihm mehrere mögliche Zugänge genannt. Das Bahngelände war abgeriegelt und der Zutritt offiziell verboten, aber es gab verschiedene Lücken in den Absperrungen, durch die man mehr oder weniger mühevoll auf das Brachland, in den Niemandsgürtel hineingelangen konnte.

Sperber hatte sich in einer der backsteinernen Nischen eingerichtet, die im Park an einer Seite den Gleisring säumten und von denen einige dauerhaft bewohnt waren. Hinter Plastik- oder Stoffplanen waren kleine, kartongepflasterte Wohnräume versteckt, in denen eine Matratze, ein Gaskocher, Decken und Zeitungen lagen.

Wer abends bei Schließung der Parktore noch nicht in seiner Unterkunft zurück war, konnte immer noch über eine außerhalb des Parks gelegene Öffnung im

Gitter auf das Areal der Petite Ceinture gelangen, musste dann aber unbeleuchtete Tunnels durchqueren, um zu seiner Schlafstätte zu gelangen. Auch konnte man versuchen, sich für einen Kunden des Lokals Rosa Bonheur auszugeben, dessen Besucher nach der Sperrstunde von einem Wächter eingelassen wurden.

Es war ein milder Frühherbstabend. Sperber war zeitig zurückgekehrt. Er hatte den ganzen Abend an der höchsten Stelle des Parks gesessen und auf die dunkle Fülle der Gewächse, der künstlichen Höhlen, Brückchen und Gewässer des Parks geschaut und darüber hinaus auf das unruhige Flackern der Stadt, die sich ihm von hier aus fast in ihrer Gänze darbot, bis hin zum Horizont. Dann war er aufgestanden und den Hang hinunter- und auf seinen Unterschlupf zugelaufen. Von der auf den Parkausgang zuführenden Hauptallee war er auf einen Pfad abgebogen, einer Regenrinne gleich, neben dem rechterhand durch die Bäume hindurch bald die Bahnlinienschneise zu erahnen war. Auch ohne Taschenlampe fand Sperber seinen Weg die Böschung hinunter, bis zu der Stelle, wo der Drahtzaun aufgebogen war. Nun stand er auf einer niedrigen Betonmauer, von der aus er leicht in das Bahngelände springen konnte. Wachsam näherte er sich den steinernen Bögen, unter denen sich die Nischen öffneten, aber hinter den Planen regte sich nichts, und auch davor war alles still. Im Unkraut aufgestöbert von dem Abglanz, den Millionen Lichter in den nächtlichen Himmel warfen, und von dem fahlen Licht weitab stehender Laternen, glänzten die vier Metallstreifen der Bahngleise stumpf.

Von seiner Nische aus sah Sperber die wild wuchernde Pflanzenfülle auf der anderen Seite der Gleise und die matt leuchtenden Umrisse der hohen Bäume, die den Hang dahinter bewuchsen. Einmal unten in der Bahnschneise angelangt, befand man sich gewissermaßen unter der Stadt, in einem Graben, der um sie herumführte und der von den allermeisten ihrer Bewohner mehr oder weniger ignoriert wurde. Der Kleine Gürtel war ein verbotenes, von Behörden und Einwohnern vergessenes Unterland, wo neben Menschen auch Füchse und Marder, Igel und Eidechsen lebten, wo Johanniskraut, Reseda und Pastinak wuchsen.

Gleich nach seiner Ankunft in der Stadt hatte Sperber die Wohnung der Goldbekränzten aufsuchen und an ihrer Tür klingeln wollen, doch – war es Scheu, oder hatte er sich erst einmal an das Getöse und Gewimmel um ihn her gewöhnen müssen? – bisher hatte er es immer auf den nächsten Tag verschoben. Morgen, dachte er, während der unvollkommene Mondkreis durch den Himmel schlich und ein Waldkauz aus den Tiefen der Baumwipfel uhute. Morgen gehe ich zu ihr.

Im Schlaf hörte er sich singen: Senk dich vom Himmel, fall aus den Bäumen, wachs aus den Ritzen zu mir hin, zu mir hin, zu mir hin. Senk dich vom Himmel, fall aus den Bäumen ... Im hohen Laub wachte der Waldkauz, ein Augenlid skeptisch hochgezogen. Reglos und von niemandem außer uns gesehen, hockte er auf seinem Ast, den Leib um zwei kreisrunde, schwarz glänzende Augen geballt, und schwieg.

Es war noch fast dunkel, als Sperber den Kleinen Gürtel schon wieder verlassen und in den Park zurückgefunden hatte; in einer Barke, die er am Ufer losgemacht hatte, glitt er über den dunstigen See auf den Felsen in dessen Mitte und den künstlichen Wasserfall zu, der in eine ebenso künstliche Grotte stürzte. Auf der Anhöhe, wo der Buttes-Chaumont-Park lag, hatten Hunderte von Arbeitern einst Gipsstein abgebaut, der für die Büsten Napoleons III. gebraucht worden war. Es war eine kreidige Mondlandschaft entstanden hier oben, und die kaiserlichen Gartenbauer hatten geschickt den ohnehin schon durchlöcherten Fels in eine pittoreske Kaskaden- und Tempel-Idylle verwandelt. Im Morgengrauen wirkten die Stalaktiten aus Beton, die von der Grottendecke herunterhingen, täuschend echt.

Nackt stieg Sperber aus der Barke und watete die letzten Schritte durch das seichte Gewässer auf den Wasserfall zu. Da die Gartenplaner nicht an seine Waschungen gedacht hatten und es keinerlei Ablage gab, hatte er in ein Stück Seife ein Loch gebohrt und es sich an einer Schnur um den Hals gehängt. Das Wasser war kalt, aber nicht eisig. Es war einer der letzten Septembertage. Sperber blieb in einem Schritt Abstand vor dem herabstürzenden Wasser stehen und ließ sich bespritzen und bestäuben, dann seifte er sich vom Stoppelhaar bis zu den Fußzehen ein, bis er einem spillerigen Schneemann glich. Er trat unter die Sturzflut und ließ sich von ihr den Schaum von den Gliedern spülen. Zurück in der Barke, trocknete er sich mit Küchenpapier ab, denn was hätte er mit einem nassen Handtuch anfangen sollen, und rasierte sich mit Hilfe eines Taschenspiegels. Aus seiner Reisetasche zog er saubere Sachen, auch ein frisches, zu Hause noch eigenhändig gebügeltes Hemd. Als er die Barke an die Anlegestelle zurückgebracht hatte und hurtigen Schrittes den Berg hochgelaufen war, spürte er das Blut durch seine Adern wallen, seine Handflächen waren warm und trocken, seine Lungenflügel dehnten sich bis zum Äußersten und bebten, kandiszuckerfarben lag die von mildem Morgenlicht gestreifte Stadt ihm zu Füßen, und er hätte sich in die Lüfte schwingen und sie überfliegen können, so viel Kraft hatte er zu dieser Stunde, und so viel Mut.

Die Tore öffneten sich. Es war sieben Uhr.

2

Kann es sein, dass das Unwahrscheinliche häufiger eintritt, als man denkt, häufiger womöglich als das Wahrscheinliche, auf das man immer gefasst ist? Die einmalige Begegnung schlägt der Mathematik ein Schnippchen, sie geschieht, oder sie geschieht nicht.

Luchs war sehr früh auf den Beinen gewesen, und als Sperber erst leise, dann ein bisschen lauter an ihre Tür klopfte und am Ende klingelte, hatte sie bereits das Haus verlassen. Auf dem Pont Saint-Louis, der die zwei Seine-Inseln miteinander verbindet, trafen sie in der Mittagszeit außerhalb jeder Wahrscheinlichkeitsrechnung zusammen. Die Brücke war voller Menschen, von denen es die wenigsten eilig hatten. Die Touristen fotografierten, die fliegenden Händler standen abflugbereit an die Brüstung gelehnt, ihre jederzeit zusammenraffbare Ware vor sich auf einem Tuch ausgebreitet, die Angestellten beider Ufer nutzten ihre Mittagspause, um, lustlos an dem zähen Baguette-Sandwich nagend, das sie mit beiden Händen umfassten, eine Runde zu drehen.

Luchs betrachtete acht Passanten, die in einem Abstand von jeweils zwei Schritten auf niedrigen Klapphockern in einer Reihe auf der Brücke saßen. Hinter jedem von ihnen stand jemand, der damit beschäftigt war, ihnen Gesicht, Schultern, Nacken und Arme zu massieren. Vermutlich wurde für ein Massage-Institut geworben. Mehrere ältere Frauen hatten ihre Einkaufstüten neben sich auf dem Boden stehen, aber auch junge Frauen waren unter den Sitzenden und zwei Männer. Alle hatten sie die Augen geschlossen, ihre Arme hingen kraftlos am Leib herunter, und ihre Gesichter waren so schlaff und unverstellt, als wären sie eingeschlafen. Diese vorgezeigte Intimität, dieses öffentliche Sich-gehen-Lassen hatte etwas Schamloses und dabei Vertrauensselig-Anrührendes. Die Blicke der Umstehenden kümmerten die Massierten wenig, dankbar überließen sie ihren angespannten Geist und ihre müden Leiber dem schläfrigen Wohlgefühl.

Luchs' Augen lagen auf einem großen alten Mann mit weißem Haar und Schnurrbart, der zwischen den Frauen hockte und den Gesichtszügen nach Algerier war. Seine knochigen Knie ragten rechts und links des niedrigen Sitzes in die Höhe, dazwischen baumelte eine lange, zinnoberfarbene Krawatte,

106

rechts und links die noch längeren, willenlosen Arme. Wie eine in Würde aus dem Leim gegangene Gliederpuppe saß er zusammengefaltet auf der Brücke, und wenn die Masseurin hinter ihm nicht seinen Kopf festgehalten hätte, wäre er wohl heruntergefallen und davongerollt.

Als Luchs aufblickte und weitergehen wollte, stand Sperber auf der anderen Seite der Brücke. In den Strahlen, die sich zwischen ihnen spannten, hätte sich eine Schwalbe verfangen können.

Sie gingen aufeinander zu. Und während sie nun voreinander standen und sich zum ersten Mal wirklich ansahen, wölbte sich bläulich über ihren Köpfen die Ahnung des noch zu lebenden Lebens, des zu Erfahrenden, der ungeheuren Vielfalt des miteinander Möglichen.

Noch war das erste Wort nicht gesprochen. Noch standen sie auf einer Brücke im Nichts und hielten sich mit den Augen.

Dann trennten sich zwei Lippen, und Luchs sprach:

Gehen wir?

Und Sperber sagte: Ja.

Sie wandten sich dem linken Ufer zu, liefen die Rue de Bièvre hoch und dann weiter nach Süden, ohne sich zu berühren, gingen sie dicht nebeneinander her. Hin und wieder streiften sich ihre Jackenärmel, und diese kleine, raschelnde Reibung war die zarteste der Liebkosungen.

Sie redeten. Sperber, der Schweigsame, erzählte von seinem Schweigen. Von den Tagen und Abenden, an denen er schweigend und von seinen Nachbarn unbemerkt andere, gesegnetere Leben gelebt, von der Frau, die er sich stillschweigend erträumt hatte und die auch in seinen Traumgesichten nie Gestalt annahm, höchstens undeutliche Eigenschaften bekam: stolz, mutig, sanft, heiter, schön.

Er erzählte von der gegenstandslosen Angst, die sich seiner bemächtigte in unachtsamen Momenten, und wie er sie in Schach zu halten gelernt hatte. Er erzählte von seinem Zählen, Tippen und Buchstabieren, von der ganzen Palette an Ticks, mit denen er die Angst zerstückelte und kleinbekam. Das Wichtigste erzählte er gleich, sofort.

Er sagte: Eigenartig, nein, nicht eigenartig.

Sagte: Seit ich dich kenne, nein, seit ich von dir weiß, ist die Angst so gut wie fort.

Er erzählte von seinem stillen oder leisen Singen, von den Wortmelodien, die ihm immer wieder aus der Seele stiegen und ihn vorwärtstrieben.

Sie waren vor der Kirche Saint-Médard stehen geblieben.

Luchs sagte: Ich habe dich singen hören.

In Sperbers hellen, blaugrauen Augäpfeln, die von

der Mittagssonne durchleuchtet wurden, sah sie die feinen Verästelungen von Eiskristallen glitzern.

Ich kann gut hören, sagte sie und lachte. Und ich kann gut sehen. Zu gut. Manchmal sehe ich nur, groß wie ein Blitz, ein geplatztes Äderchen im Auge oder einen angerissenen Fingernagel und habe gar keinen Menschen bemerkt. Ich gebe mir Mühe, weniger gut zu sehen. Könnte eine Brille gebrauchen, die ein bisschen Unschärfe in den Blick bringt.

Sperber lachte. Vielleicht solltest du einen Schleier tragen, sagte er. Nein, nein. Nein, nein. Dann könnte ich dich nicht mehr sehen.

Ich möchte alles von dir wissen, sagte er. Nein, nicht alles. Ich möchte alles von dir wissen, was du von dir weißt. Nein, alles, was du mir erzählen willst.

Ich möchte alle Zeit der Welt haben, sagte er.

Luchs hob langsam die Hand und legte sie an Sperbers linke Wange, wo als winzige silberne Punkte die frisch rasierten Barthaare aufglänzten. Sie spreizte den Daumen ab bis zu seinem Mundwinkel, ließ ihn auf der kleinen Krümmung ruhen (auch wenn er nicht lachte, waren Sperbers Mundwinkel leicht nach oben gebogen). Und von der Mitte ihres Leibes bis zu der Mitte des seinen war jetzt über ihren erhobenen Arm ein Bogen gespannt.

An der rechten Hand fehlt mir ein Finger, sagte sie.

Sie löste ihre verstümmelte Hand von seiner Wange, hielt sie ihm einen Augenblick lang mit aufgefächerten Fingern vor die Augen.

Und schon im Weggehen nannte sie ihm eine Zeit und einen Ort, wo sie sich noch am selben Abend wiedersehen sollten.

Ich muss zurück zu meiner Arbeit, sagte sie.

Was für eine Arbeit, wollte er fragen und ihre vierfingrige Hand ergreifen, deren Verkrüppelung er bis dahin nicht bemerkt hatte, wie es ihm überhaupt schien, als habe er auch diesmal nur das dunkle Gold des Haares und die seegrünen Augen gesehen und die Züge ihres Gesichts nicht fassen können, aber schon waren Menschen zwischen sie und ihn getreten, die die Marktstraße hochdrängten und in Gedanken waren, und bald waren sie von einer Vielzahl von Leibern und einem Knäuel undurchdringlicher Gedanken getrennt.

Während Luchs sich entfernte und Sperbers Augen im Menschenstrom ihren Kopf festhielten, bis ihm vom angestrengten Schauen Tränen kamen, lächelte in seiner Kirche der heilige Medardus.

3

Luchs dachte nicht an Sperber, aber sie verbrachte den Nachmittag in seiner Gegenwart. Es gab viel zu tun im Hôpital Hôtel-Dieu, die Zeit verging schnell zwischen werdenden Müttern und werdenden Menschen. Mit den werdenden Müttern übte Luchs das Atmen. Auf dem Bildschirm beobachtete sie, wie die werdenden Menschen im Mutterleib lagen. Gegen Abend zwängten zwei Kinder hintereinander den Kopf durch das enge Becken ihrer sehr jungen Mutter, auf die Welt kommend wurden sie eines nach dem anderen von Luchs in Empfang genommen. Sie war diejenige, die sie als Erste in ihren ungleichen Händen hielt und sie willkommen hieß unter Milliarden gleichartiger und Billionen andersartiger Geschöpfe auf der Erde.

Für Sperber war sie irgendwo in der Stadt verloren.

Er war ungeduldiger, denn er hatte nichts zu tun, als auf den Abend zu warten, aber mit der gleichen beschwingten Ungeduld hätte er Jahre gewartet statt Stunden. Nichts, was er bisher erlebt hatte, schien ihm beglückender als die Ungeduld, die er in jenen Stunden verspürte, nichts erreichte die Heftigkeit seines Sehnens und stürmischen Verlangens. Er zählte nicht die Minuten, und er zählte nicht die Pflastersteine, er buchstabierte nicht und tippte nicht insgeheim die Fingerspitzen aneinander. Alles in ihm war Freude und Erwartung, sein ganzes Wesen spannte sich bis zum Äußersten in eine klare und dabei unbestimmte Richtung: zu ihr hin.

Sie lebt in dieser Anhäufung von Menschen und Steinen, in dieser Wirrnis ist sie heimisch, dachte er, während er zwischen unzähligen Passanten den Boulevard Saint-Michel hinunterging.

Und mit jeder Faser seines Leibes, mit der ganzen Kraft seiner Seele wollte er sein, wo sie war.

Vor ihm bückte sich wiederholt ein Mädchen in einem langen weiten Rock und las einen goldenen Ring auf, den es einen Moment zuvor selbst hatte fallen lassen, um ihn den wechselnden Passanten als zufälligen Fund zu präsentieren, aber vielleicht war es ein Trick, den alle längst kannten, jedenfalls blieb keiner stehen, keiner interessierte sich für das Fundstück. Als sie Sperber kommen sah, ließ sie erneut unauffällig den Ring aus den Fingern gleiten und wollte sich prompt bücken, um ihn aufzuheben,

112

aber Sperber war schneller, er hatte das blecherne Ding, das es aus der Nähe besehen war, schon vor ihr in der Hand.

Aus erdbraunen Augen sah das Mädchen ihn an. Sperber hielt ihr den Ring hin. Sie sagte mit trostloser Stimme:

Bringt Glück.

Mit beiden Händen ergriff sie Sperbers Hand, drehte die Handfläche nach oben und betrachtete sie lange. Zwischen zwei Wimpernschlägen blickte sie ernst zu ihm auf, dann streifte sie ihm den Ring über den kleinen Finger, an den er mit etwas Mühe passte.

Geh!, sagte sie. Geh!

An einer blinden Hauswand der Place Saint-Michel lag über einem Brunnen der Teufel oder gefallene Engel Luzifer in Gestalt eines kräftigen, wohlgestalteten Mannes dem Erzengel Michael zu Füßen und wartete, dass die schlangenlinienförmige Klinge des erhobenen Schwertes auf ihn niedersauste. Der Bronze-Engel trug die androgynen Züge eines jungen Griechen. Seine Haltung war nicht die eines Kämpfenden, der bevorstehende Sieg über den Teufel schien ihm sicher zu sein oder ihm jedenfalls keinerlei Sorge oder Mühe zu bereiten. Aber war der Kampf wirklich schon gewonnen?

In Sperbers angespanntem Gemüt bekam auch

diese Brunnenskulptur eine ihn selbst, sein Leben angehende Bedeutung. Je länger er hinschaute, umso klarer wurde es ihm, dass der Ausgang des Kampfes noch ungewiss war. Der Teufel war ein muskulöser Kerl. Wäre er nicht in Bronze gegossen gewesen, welchen Grund hätte er wohl haben können, mit verschränkten Armen vor dem schwertschwingenden Michael am Boden liegen zu bleiben? Auch wenn der Bildhauer etwas anderes hatte glauben machen wollen: Der Kampf blieb in der Schwebe.

Sperber wandte sich von dem Brunnen ab und stieg am nahen Ufer eine Treppe hinunter, die ihn bis ans Wasser führte. Noch immer lagen Stunden vor ihm. Er lief flussaufwärts, über sich das Rauschen, Hupen und Bremsenquietschen der vielspurigen Autostraße, und ein paar Herzschläge lang sah er sich nicht über die unregelmäßigen Rundungen der großen Pflastersteine, sondern über unzählige halb vergrabene Schädel gehen.

Er hob die Arme über den Kopf und streckte sie, ließ dann, wie um sich aufzuwärmen, zunächst den einen, dann den anderen Arm propellerartig neben dem Körper kreisen, ging schneller. Seine Stimme hallte unter der Brücke, als er laut den Brunnenteufel herausforderte, der ihn bis hierhin verfolgt hatte.

Na, komm nur, komm!, rief er. Ich werd's dir schon zeigen.

Das unruhige Wasser spiegelte die Sonne und warf flackernde, helle Flecken an die Brückendecke. Wie viel Licht dieses dreckige, schlammige Flusswasser hergab! Hinter der Brücke drehte sich ein junges Paar, das mit überhängenden Beinen am Ufer saß, nach Sperber um.

Mit dem siegessicheren, stumpfsinnigen Michael dort oben hatte der Teufel ein leichtes Spiel. Sperber fühlte sich stärker als ein Engel. Am liebsten hätte er die erstaunlichen Kräfte, die er in Geist und Gliedern spürte, auf der Stelle in einem Kampf mit dem Teufel erprobt. Aber alles blieb friedlich, während er weiter den Fluss entlangging; der Glanz, der auf den Häuserfassaden am anderen Ufer lag, wurde immer goldener, je tiefer die Sonne sank, und am Ende leuchtete sogar das breitbeinig mit einem Fuß im Wasser stehende Finanzministerium freundlich und warm.

Und dann kam doch noch die Gelegenheit, dem Teufel eins auszuwischen. Als Sperber gerade den Pont de Tolbiac hinter sich gelassen hatte, wälzte sich in der Mitte der von Fußgängern wenig benutzten Brücke eine Frau schwerfällig über die Brüstung und ließ sich in den Fluss fallen. Was wieder auftauchte, war ein nasses Paket, das nicht mit den Armen ruderte und keinen Laut von sich gab, der am Ufer zu hören gewesen wäre, das also mit bloßem Auge

115

nicht ohne weiteres von einem treibenden halbvollen Müllsack oder einem dunklen Plastikkanister zu unterscheiden war. Ein kleiner Aufruhr entstand, weil Autofahrer auf der Brücke den Vorgang beobachtet und angehalten hatten, und auch am Ufer hatten zwei, drei Menschen die Frau fallen und von dem trüben Strom verschluckt werden sehen. Von der Brücke und von beiden Ufern her ertönten Rufe. Über Telefon alarmierte man die Feuerwehr, die versicherte, sofort zu kommen, aber nicht sofort kam.

Für Sperber wäre dies nun zweifellos der Moment gewesen, sich mit dem Teufel zu messen, denn wer sonst sitzt den Lebensmüden im Nacken, wer sonst hat Freude daran, sie aufgeben zu sehen? Um denjenigen zu besiegen, der die Frau über die Brüstung gestoßen hatte und nun mit Bleigewichten in die Tiefe zog, hätte Sperber ohne zu zögern in das schmutzige Wasser springen und sie ans Ufer heben müssen, und er hätte dies gewiss auch getan oder versucht, ja, in dem Zustand angespannter Erwartung, in dem er sich befand, hätte er diese gar nicht so kleine Heldentat überdies als eine ihm auferlegte Mutprobe verstanden und sich beherzt ins kalte Wasser gestürzt.

Jedoch hatte er, als das schwarze Bündel Mensch durch die Luft flog und die Wasseroberfläche durchbrach, den Pont de Tolbiac schon – wenn auch nur um wenige Schritte – hinter sich gelassen und ging, bereits die nächste Brücke im Blick und in Gedanken mit den Fragen beschäftigt, die er Luchs stellen wollte, weiter nach Osten. Die Rufe in seinem Rücken nahm sein Gehör zwar auf, aber sie fügten sich ein in das städtische Tongewebe, sie gingen ein in das Meer von Geräuschen, das ihn umgab. Er drehte sich nicht um.

Während er dem Pont National und dem Abend entgegenging, näherte sich ein Feuerwehrboot der noch immer an der Wasseroberfläche treibenden Frau, die sich triefend und willenlos ins Trockene hieven ließ. Die Rettung, die sie in den Tiefen des Flusses gesucht hatte, sollte nun Leben heißen statt Tod. Für Sperber aber, der zwar zugegen, doch nicht Zeuge des Vorgangs gewesen war und im Fieber seiner Vorfreude den kalten Strom neben sich vergessen hatte, hätte sich diese Szene ebenso gut am anderen Ende der Stadt, vierundzwanzig Brücken weiter, abspielen können, am Pont Mirabeau, oder gar in Toulouse, Višegrad oder San Francisco: Er hätte genauso wenig Notiz davon genommen. Aber eben weil er nicht zurückgeschaut und nichts bemerkt hatte, kam ihm dieser verstörende Gedanke nicht in den Sinn.

Im Bus, der ihn ins Stadtinnere zurückbrachte, lachte er die Passagiere an.

Ich bin jetzt stärker als ein Engel, sagte er zu der

alten Frau, die neben ihm am Fenster saß und ihn erst verwundert, dann belustigt anblickte.

Sie wollen mir wohl Angst machen, sagte sie lächelnd.

Der Bus steckte auf der verstopften Busspur fest und ruckte manchmal um einen Meter voran.

Ich könnte Sie mitsamt Ihrer Einkaufstasche in den sechsten Stock hinauftragen.

Erstens wohne ich in der zweiten Etage, und zweitens gibt es einen Aufzug. Aber vielen Dank.

Der Bus bremste scharf und trompetete gleich darauf wütend und lange.

Wie haben Sie es gehalten mit der Liebe?, fragte Sperber. – Wenn Ihnen die Frage zu unverschämt ist, antworten Sie einfach nicht, oder knallen Sie mir eine. Ich bin zwar nicht mehr jung, aber doch eine Art Neuling oder Trottel in der Liebe, habe nichts begriffen bisher davon.

Die Frau streckte ihre Finger und blickte lange ihre knorrigen Hände an.

Ich habe früh geheiratet, sagte sie. Mein Mann war viele Jahre älter als ich, und als er starb, recht jung, hatten wir noch keine Kinder. Nach seinem Tod nahm mich ein befreundetes Ehepaar, das vier Töchter und einen Sohn hatte, häufig mit in die Ferien. Ich mochte beide sehr gern, und ich liebte ihre Kinder. Wir wurden enge Freunde. Dann wurde die Frau sehr krank, ein paar Monate später war sie tot. Wenige Tage bevor sie starb, saß ich an ihrem Bett und hielt ihren Arm. Da bat sie mich – sie weinte nicht, sie hat die ganze Zeit über kaum geweint, sie ging mutig in den Tod –, sie bat mich, ihren Mann zu heiraten und mit ihm und den Kindern ihrer zu gedenken und glücklich zu sein. Das habe ich getan.

Sperber schaute aus dem Fenster auf das sterbende Blau des Himmels über den schon düsteren Häusern der Stadt und dem bleiernen Fluss.

Ich weiß nicht, ob ich meinen ersten oder meinen zweiten Mann mehr geliebt habe, sagte die Frau. Ich habe sie beide sehr geliebt. Jetzt sind sie tot.

Wie kleine, auf die Erde verirrte Sterne glänzten, umgeben von verschwommenen gelben Lichthöfen, die Laternen.

4

Als die Stunde kam, waren sie beide fast gleichzeitig zur Stelle; nur war die Stelle groß. Halb beunruhigt, halb belustigt stand Sperber auf der von Fahrzeugen aller Art umrauschten Insel in der Mitte des Platzes. Ist das vielleicht ein Ort für eine Verabredung?, fragte er sich, und was ist das für eine Frau, die mir zurief: Um neun auf der Place de la Concorde?

Er näherte sich dem von oben bis unten mit unverständlichen Mitteilungen beschrifteten, von einer goldenen Pfeilspitze überragten Obelisken, den eine kleine Anzahl von Touristen umkreiste. Wie sie sich, ihre kaum sichtbaren Kameras in den Händen, mit erhobenen Armen und in den Nacken gelegten Köpfen langsam um die erleuchtete Säule herumbewegten, schienen sie Anhänger einer fremden Religion zu sein, die mit einem wunderlichen Ritual ihrer Gottheit huldigen, Anubis womöglich oder Isis, Thot oder Re. Luchs war nicht unter ihnen.

Wo jetzt der Obelisk aufgerichtet war, dachte

120

Sperber, hatte zuvor die Guillotine gestanden, und auf dem Platz der Eintracht waren die Köpfe von Ludwig XVI. und Marie-Antoinette, von Danton, Saint-Just und Robespierre gefallen. Der Platz war eigentlich gar kein Platz, sondern eine große, leere Fläche im Zentrum der Stadt, die sich in Ermangelung von Bauwerken mit Autos gefüllt hatte. Sperber wartete, bis der Fahrzeugstrom kurz abbrach, um die Insel zu verlassen und dort, wo die Champs-Élysées münden, nach der Erwarteten zu suchen. Er fand sie weder dort noch an der Nordseite, weder vor dem Hôtel Crillon noch vor dem Hôtel de la Marine.

Von oben, am besten von dem Riesenrad aus, das an der Tuilerienseite des Platzes stand, sagte er sich, würde er ihren blonden Schopf ebenso hell wie die Spitze des Obelisken leuchten sehen, und er ging schnellen Schrittes darauf zu. Irgendwo in dieser motorisierten Leere musste sie doch sein!

Sie stand am Fuße des Rades und wartete auf ihn.

Näherkommend sang er, für sich, ohne den Mund aufzutun:

Nimm Ingrimm und Tücke, Schläue und Arg, nimm mich auf, nimm mich auf, nimm mich auf! Alle Lichter in deine Hand, alle Dichter in dein Land. Nimm mein Beil, meine Kanone, meine Panzerfaust. Alle Lichter in deine Hand, alle Dichter in dein Land. Sei mir gut! Sei mir gut! Nimm mich auf.

Er nahm ihre ungleichen Hände und drückte sie. Legte, wie in eine Schüssel frischen Wassers, sein Gesicht in sie hinein.

Sie hob seinen Kopf, lächelte ihn an. Dann nahm sie ihn am Arm und zog ihn zu der Rampe, von der aus man in eine der verbeulten Kabinen des Riesenrades steigen konnte. Karten hatte sie schon gekauft.

Das Rad setzte sich in Bewegung, schaukelnd hob die runde Blechkabine vom Erdboden ab und beschrieb einen krakeligen Halbkreis, bevor sie im Zenit ihrer Laufbahn anhielt (unten stiegen neue Passagiere ein) und erst sachte, dann, als Luchs zweimal niesen musste, heftiger schwankte. Sie saßen nebeneinander. Vor ihnen ging der Fluss wie ein Sprung durch die Stadt; rechter Hand die flimmernde Schneise der Champs-Élysées, wo Scharen von mehr oder weniger lasterhaften Lebenden die edlen Toten verdrängt hatten, linkerhand die dunkle Schneise der Tuilerien, aus der zu dieser Stunde auch die Lebenden vertrieben worden waren.

Dann drehte sich das Rad wieder, und als sie sich von den Lichtern ab- und ganz einander zuwandten, war es den beiden in ihrer Kajüte, als bewegte das Rad sich nicht mehr auf der Stelle, sondern rollte mit ihnen auf und davon. Sie sahen nicht die den Himmel zerfurchenden Scheinwerfer, nicht die winzigen Blitzlichter, die unter ihnen die Dunkelheit durchzuckten; das Rad rollte mit ihnen aus der Stadt hinaus, durch die Vororte und über die Felder, ein gewaltiges Feuerrad, das sich von dem auf die andere Seite der Erde verschwundenen Sonnenwagen gelöst haben mochte. In der hohlen Kugel, in der sie saßen, war ein Geruch von gebrannten Mandeln haften geblieben.

Als sie wieder festen Boden unter die Füße bekamen, waren sie so ausgelassen, und ihre neuen Kräfte waren noch so unverbraucht, dass sie hätten losrennen können oder davonfliegen oder platzen. Stattdessen gingen sie Seite an Seite zu dem Obelisken hinüber, der mittlerweile bei den Passanten kaum mehr Beachtung fand. Am Fuße des Sockels blieb Luchs stehen und schaute an dem granitenen Riesen hoch.

Ist das vorstellbar?, sagte sie. Dieser Pfeiler stammt aus dem hunderttorigen Theben, er ist mehr als dreitausend Jahre alt. Um auf diesen Platz zu gelangen, ist er den Nil hinuntergefahren, hat das Mittelmeer überquert und ist anschließend die Seine hochgeschifft worden bis hierher. Jetzt steht er ungerührt inmitten dieses endlosen Autoreigens.

Sperber lauschte ihrer klangvollen Stimme, als wäre es die einer ägyptischen Priesterin.

In Theben wurde er gestützt von sechzehn steinernen Pavianen, fuhr sie fort, die, auf ihren Hinterbeinen aufgerichtet wie männchenmachende Hunde, ihre steifen Geschlechter herzeigten. Den Sockel haben sie ausgewechselt und die goldene Spitze draufgesetzt.

Sperber fragte sich nicht, ob das wohl stimmte, noch woher sie das wissen mochte; er hörte kaum, was sie sagte, so angespannt hingen seine Augen an ihrem hell in die Nacht geschnittenen Profil.

Mit zurückgelegtem Kopf blickte Luchs auf die eingravierten Zeichen und sprach stockend und feierlich, wie buchstabierend:

In der Frühe gebäre ich die Sonne, am Abend schlucke ich sie hinunter, so entstehen Morgengrauen und Abendrot. Sieh die Milchstraße, sie fließt in meinen Mund! Du kommst und öffnest meine Schenkel und bist da, wo du schon immer warst.

Mit geweiteten Augen blickte Sperber sie an, als wäre er bereit, vor ihr auf die Knie zu fallen, da lachte sie auf und lief, tanzend und lachend und sich um die eigene Achse drehend, einmal um den Obelisken herum, bis sie wieder bei Sperber angelangt war.

Pardon!, rief sie, das habe ich gerade erfunden. Ich habe keine Ahnung, was da steht. Aber so ähnlich könnten sie gedacht haben, die alten Ägypter. Wirklich! Man weiß es nicht. Verzeihung.

Sie bat eine junge Koreanerin, Sperber und sie vor dem Obelisken zu fotografieren.

Do you have a camera?, fragte die junge Frau freundlich.

Luchs verneinte. Ob sie nicht mit ihrer eigenen Kamera ein Bild von ihnen beiden machen könne?

But then, how would you get the picture?

Luchs erklärte ihr in fehlerhaftem Englisch und mit starkem französischen Akzent, dass sie das Foto gar nicht haben wolle. Es würde ihr Freude machen – it would make me pleasure, sagte sie –, wenn es irgendwo auf der Welt ein solches Bild gäbe. Wenn sie, die Koreanerin, es mit sich nach Hause trüge.

Damit der Obelisk in ganzer Höhe in das Bild passte, musste die Fotografierende einigen Abstand nehmen. Auf dem Foto, das sie ihnen vorhielt, waren sie sehr klein und kaum zu erkennen; über ihnen zeigte der Obeliskenpfeil in goldener Überdeutlichkeit auf den Nachthimmel.

Auch auf das Angebot der Koreanerin, ihnen das Bild mit elektronischer Post zukommen zu lassen, ging Luchs nicht ein. Es genüge ihr, zu denken, dass es dieses Foto gab, sagte sie.

Nachdem sie sich bedankt und dabei, wohl ihrer Vorstellung von asiatischer Höflichkeit gemäß, den Oberkörper mehrfach leicht vorgebeugt hatte, verließen sie den Platz in Richtung Norden und gingen lange schweigend nebeneinanderher. Kaum sahen sie die Straßen, durch die sie gingen, so beschäftigt waren sie einer mit dem anderen und benommen von der Fülle an Bildern und Gedanken, die sich in ihren Köpfen hin- und herbewegten, aufleuchteten und versanken. Sie hielten sich nicht an den Händen, doch streiften sie sich hin und wieder, und manchmal spürte Luchs Sperbers Hand auf ihrem Rücken oder ihrer Schulter, und diese Hand war eigenartig aufgeladen und sandte Strahlen in alle ihre Glieder aus.

In der Rue de la Béotie setzten sie sich in ein fast leeres Café, in dem der Kellner damit beschäftigt war, die auf den Tischen verteilten Senftöpfchen aus Inox einzusammeln und anschließend die kleinen Holzlöffel, die in den Behältern steckten, herauszuziehen und in einen mit Wasser gefüllten Eimer zu werfen. Als er damit fertig war, brachte er ihnen zwei Gläser Sauvignon.

Sie saßen einander gegenüber, zwischen ihnen die Kunststoffplatte des rechteckigen Tisches, über ihnen die drei Tulpen einer gläsernen Retro-Lampe, sechs Stockwerke verlassener Büros und unzählige leblose Sterne, und sahen einander an.

Sag mir mehr über dich, sag mir etwas, das niemand außer dir wissen kann, sagte Luchs.

Ich weiß nicht, sagte Sperber. Ich bin allein, ich bin nicht mehr jung, und ich bin arm.

Das weiß ich schon.

Er schwieg eine Weile.

Wie arm ich auch an Geheimnissen bin! Oder sind meine Geheimnisse so geheim, dass ich sie selber nicht kenne?

Vor der Theke, ein paar Schritte von ihrem Tisch entfernt, brach unvermittelt der Fußboden auf; zwei Klappen öffneten sich langsam, und aus den Tiefen des Kellers erhob sich eine metallene Ladefläche, auf die der Kellner leere Flaschenkisten stellte, die alsbald scheppernd in der Dunkelheit verschwanden. Per Knopfdruck schloss sich der Schlund wieder.

Und ich, was muss ich wissen über dich?, fragte Sperber.

Alles, was du wissen musst, weißt du schon. Den Finger, der mir fehlt, hat mir ein Kidnapper abgeschnitten, als ich fast noch ein Kind war. Meine Eltern waren reich. Sind reich. Ich bin reich.

Aber was gibt es, das nur du allein über dich weißt?

Da gibt es vieles, sagte sie. Etwas habe ich dir heute mittag schon gesagt: Ich sehe nicht gut. Oder zu gut. Seit dieser Sache damals sehe ich nur noch die Details. Als klebte ich mit der Nase an den Dingen. Und Menschen. Am liebsten würde ich immer ein paar Schritte zurücktreten, aber auch dann fällt mir noch irgendeine Kleinigkeit ins Auge, eine vorne leicht klaffende Schuhsohle oder eine erschlagene Schnake an der Wand. Das quält mich oft.

Sie sah Sperber an.

Vielleicht bin ich auf dem Weg der Heilung, sagte sie. Als ich dich laufen sah, damals am Kai, ist mir an dir nichts Einzelnes aufgefallen. Obwohl du schon in meiner Nähe warst, habe ich deinen Gang gesehen, deine Haltung, deine ganze Gestalt.

Hast du nicht meine krumme Nase gesehen und meinen kahlen Schädel?

Doch. Das auch. Aber mein Blick hat sich nirgendwo festgehakt oder -gehackt, wie er das sonst immer tut. Ich habe dich gesehen und gehört. Und dann geküsst. Und genau so, wie du da schräg vor mir gegangen bist, habe ich dich schon früher gehen sehen. Eine hohe, leicht gebeugte Männergestalt, schon von weitem zu erkennen an ihrem etwas schwerfälligen, gleichmäßigen Schritt: dich.

Küsst du vielleicht jeden, den du schon einmal gesehen hast?, fragte er lachend. Und wo soll das denn gewesen sein? Bevor ich hierher aufbrach, habe ich mich schon jahrelang nicht mehr von der Küste wegbewegt.

Sie tippte sich an die Stirn, als wollte sie ihm einen Vogel zeigen.

Hier drinnen war es. Hier, in meiner Einbildung, habe ich dich gehen sehen.

Hast du mich in deiner Einbildung auch einmal stehen bleiben sehen?

Luchs überlegte.

Nein, sagte sie schließlich. Ich glaube nicht.

Der Kellner schob die Barhocker beiseite und kehrte den Dreck zusammen, den die Thekenkunden hatten fallen lassen. Um den letzten, der über sein Glas gebeugt saß, als blickte er durch ein Mikroskop in sein Leben, fegte er herum.

Sie sahen einander an.

Es gab vielleicht noch viel zu sagen, doch sagten sie nichts mehr. In den Minuten oder Stunden, die sie sitzen blieben in jenem namenlosen Café, waren sie völlig von dem Wunsch in Anspruch genommen, jede leibliche Annäherung möglichst lange hinauszuzögern. Nicht, weil sie eine solche gefürchtet, noch weniger, weil sie sie nicht gewünscht hätten, sondern einzig, um den maßlosen Genuss nicht abzukürzen, den ihnen dieses Hinauszögern bescherte. Erst als sie wieder auf der Straße standen, reichten ihre Kräfte nicht mehr aus, und sie hielten einander umklammert, ein Mann und eine Frau, zusammengeballt wie um ein Kleinod herum. Mit den Lippen ertasteten sie des anderen Gesicht.

5

Das Tier zuckte, es bäumte sich auf und klopfte ungestüm an ihren Leib.

Sie lagen aneinandergeschmiegt, mit verschlungenen Beinen, zwischen ihnen die von einem unhörbaren Flötenspiel hypnotisierte, aufgerichtete Schlange, ein wandelbarer, weicher Knorren, der sanft und beharrlich gegen ihre Bauchdecke schlug.

Sie hatten die Augen geschlossen und lächelten sich an.

Was sie sich ins Ohr flüsterten, Wünsche, Koseworte, Versprechen, vielleicht auch gar nichts, wir wissen es nicht. Sie lagen beieinander und staunten, dass die eigene Haut und die des anderen so durchlässig waren und beredt, dass sie so viel besser sprechen konnten als ein Mund. Sachte, ganz sachte regten sie ihre Glieder, Haut an Haut, Flaum an Flaum, die lebendige Wärme des einen mehrte die des anderen, und zwischen ihnen, gefangen zwischen ihren Leibern, tobte die hitzige Kreatur und schlug um sich.

Sich sanft aus der Umarmung lösend, beugte Luchs den Nacken und legte den Kopf auf Sperbers Brust, über die sich jetzt das flüssige Gold ihres offenen Haares ergoss. Sie fasste nach dem Tier, um es liebkosend zu beruhigen, aber in ihrer Hand wurde es nur noch unbändiger und größer. Behutsam näherte sie sich ihm, ließ es gegen ihre Wangen, ihre geschlossenen Lider schlagen und wütend Einlass fordern. Sie neckte es mit der Zungenspitze, erkundete es von oben bis unten, von der unerklärlich zarten Haut des Kopfes bis zu der Stelle, wo es, weich und wollig, am Leib angewachsen war. Da streckte es sich und sprang ihr mit einem einzigen kraftvollen Satz zwischen die Lippen. Jäh füllte es ihre Mundhöhle, stieß wuchtig an den Gaumen, als wollte es noch tiefer in ihren Hals hinein.

Mit beiden Händen in die Haarflut greifend, hob Sperber den Vorhang. Er sah die zwei Lippen, die sich unwillkürlich, wie ein Neugeborenes die Brust sucht, um ihn gespannt hatten und sich bald langsam, bald schneller auf- und abbewegten, er sah zwei dunkle Augen, die über dem wonnevoll geknebelten Mund immer wieder kurz auf ihn gerichtet waren. Er sah die helle Wölbung des über ihn gebeugten Rückens, der glatt war wie ein Kieselstein, geteilt von dem feinen Grat der Wirbel. Den zarten Nacken. Im Verborgenen, in der betörenden Wärme der Höhle spielte weiter die behende Zunge mit ihm.

Es war noch spätsommerlich warm, und durch die geöffneten Fensterflügel fiel bleiches Mondlicht auf die Laken. Als Luchs sich zur Seite drehte und die Beine zum Kopfende des Bettes hin streckte, schimmerte in der schmalen Schere ihrer Schenkel, neben Sperbers Kopf, golden verworrenes Gebüsch. Ihr Mund hielt das Tier gefangen; Sperbers Zunge drang in das Gebüsch und die darin versteckte Furche ein und wühlte sich voran. Jeder in des anderen Körpermitte verbissen, lagen sie Leib an Leib, Haut an Haut. Wie lange? In der Seligkeit der Umarmung war kein Raum für Zeit.

Mit den Schenkeln verschlossen sie einander Augen und Ohren, aber es verging ihnen weder Hören noch Sehen: In ihren Köpfen hallte und vibrierte das eigene Atmen und Seufzen, und sie hörten ihre Lust nicht mehr von außen, sondern von innen; auch ein mächtiges Rauschen, wie von starkem, böigem Wind, das von der Reibung der Schenkel an ihren Ohrmuscheln herrühren mochte.

Hinter seinen Lidern sah Sperber blaue Kometen vorüberzischen. Sperber richtete sich halb auf und, ohne das tobende Tier aus der warmen Höhle zu befreien, in der es gefangen war, hob er sich, auf Knie und Hände gestützt, über Luchs, die nun flach auf dem Rücken lag und unverändert seine Schenkel umfangen hielt.

Und es war kaum zu ertragen, es war ein Übermaß an Lust, wie die starre Schlange nun langsam in ihren Rachen glitt, wie sie in ihrem Mund verschwand und speichelglänzend und mit geschwollenen Adern, einem Gewichtheber im Moment der größten Anstrengung gleich, wieder zum Vorschein kam. Er sah es, und sie sah es auch. Sie sahen es, und sie sahen, wie der andere sah, und darüber wäre der Damm fast gebrochen.

Aber er brach noch nicht.

Wieder und wieder zwängte sich das rasende Tier zwischen das enge Rund ihrer Lippen; denn sie spitzte ihren Mund zu einem schmalen, dehnbaren Schacht, um seine und ihre Lust zu schüren.

Im milchigen Mondlicht drehten sie sich umeinander, bis seine Augen den ihren gegenüberstanden, ganz nah, ganz nah. Und siehe, sie fügten sich mühelos zusammen und verkeilten sich, denn sie waren geschaffen wie Nut und Feder, Adam und Eva, Schlitz und Zapfen.

Sie rührten sich kaum.

Doch in ihren Geschlechtern, die verschmolzen waren zu einem einzigen, pulsierte das Leben, und im Raum war ein Flüstern und Singen, ein Ächzen und Weinen, war die glückselige, schmerzliche Melodie der Liebenden zu hören.

Sie blickten einander an, und auf ihnen ruhten

die zahllosen klaren Augen der Nacht. Aus nächster, schönster Nähe betrachtet, wuchsen ihre Wimpern, seine und ihre, groß wie Schilfrohr um spiegelnde Seen.

Da erhob sich von tief innen, aus einer gemeinsamen Mitte heraus, eine gewaltige Welle, die sie aufnahm und mit sich trug, und sie hielten sich aneinander fest und überließen sich dem weiten Ozean der liebeszarten Lust. Und wiewohl es mancher nicht wird glauben wollen, waren sie in jenen Momenten, nicht weniger als Menschen und Tiere, Götter.

6

In der Frühe, als der Himmel einen noch kaum sichtbaren Stich ins Rosig-Milchige bekam und wie von innen – aber wo ist des Himmels Innen? – schwach zu leuchten begann, lagen sie auf der Seite, dicht aneinandergedrängt, die Beine leicht angewinkelt, wie zwei Löffel in der Schublade. Und so lagen sie noch, als der Morgen die Schublade vorsichtig ans Licht zog: Luchs drückte den Arm, mit dem Sperber sie umschlungen hielt, an ihren Leib, seine rechte Hand umfasste ihre linke Brust, sein Bauch schmiegte sich an ihre Lenden, und so berührten sie sich von oben bis unten, bis hinab zu Luchs' Kniekehlen, in die sich Sperbers Kniescheiben vollkommen einpassten, und weiter bis zu den Fußspitzen, die im Halbschlaf miteinander spielten, vertraut wie Welpen aus demselben Wurf.

In den Breiten, wo sie schwebten, irgendwo zwischen Schlafen und Wachen, gab es noch keine Gedanken oder Fragen. In jener von allen Plagen des

Bewusstseins abgeschirmten Zwischenwelt, in der sie sich befanden, spürten sie nichts als eine ungewohnte, unsagbar wohltuende und besänftigende Nähe, in der die eigene Wärme, ja vielleicht sogar die Haut, von der sie ausging, nicht mehr von der des anderen zu unterscheiden war. Es war ein Aufgehoben- und Zugehörigsein, wie es keiner von ihnen bislang verspürt hatte, und, je näher sie dem Wachzustand kamen, die Gewissheit, in den Schutz einer höheren Macht getreten zu sein, die Ahnung – die jeder, der das Leben zu kennen glaubt, wohl trügerisch nennen würde –, nun könne ihnen »nichts mehr passieren«.

Doch was, wenn sie recht gehabt hätten in jener frühen Morgenstunde? Was, wenn sie wirklich geborgen wären? Für immer? Für das kleine Immer ihrer Lebenszeit?

Als Luchs sich umdrehte und Sperber zuwandte, glitt die lebendige Fülle ihres Haares über ihre Schulter und Brust, floss über Sperbers Arm und ringelte sich auf dem Laken zu mehreren losen, seidigen Nestern.

Statt eines Weckers zersägte die Sirene eines Krankenwagens die morgendliche Stille auf den Straßen; im Stockwerk über ihnen war man schon auf, die Holzdielen knarrten. Es war Tag, ein nicht zu leugnender, nicht aufzuschiebender neuer Tag hatte begonnen und forderte gleich lautstark seinen Tribut an Eile, Geschäftigkeit und Taten.

Während Sperber noch die Nacht festzuhalten suchte, stand Luchs schon fertig angekleidet vor ihm, das Haar zu jenem Ring umgeschlagen, der tagsüber medaillonartig ihr Gesicht umrahmte, lächelnd, ernst, eine Tasse Kaffee in jeder Hand.

Der Tag lag vor ihnen als trennende Macht, als Mauer, die sich im nächsten Moment zwischen ihnen aufrichten und erst von der Nacht wieder niedergerissen werden konnte. Wie alle Dinge hatten auch Tag und Nacht fortan eine neue Bedeutung bekommen. Hell hieß: allein; miteinander: dunkel. Doch die wenigen Worte, die zwischen ihnen in jenen Augenblicken fielen, handelten weder vom Getrenntsein noch von einem Wiedersehen, weder von hell noch dunkel, es waren alltägliche Worte, von denen wir nur wenige aufschnappten: kühl, Metro, draußen, Schal.

Dann hörte Sperber die Tür ins Schloss fallen. Bevor sie ging, hatte Luchs ihn weder geküsst noch sonst irgendwie berührt, noch hatte sie ihm einen Abschiedsgruß zugerufen. Sie hatte ihn nur angesehen und, bevor sie sich abwandte, gelächelt.

Sperber drehte sich auf den Rücken und schloss die Augen. Hinter seinen Lidern war Luchs noch da, und die Schritte über seinem Kopf waren so nah, als bewegte sie sich im Zimmer.

Was ist aus dem Sand meiner Wüste geworden, man kann ihn trinken, kann darin baden, sang er fast geräuschlos, nur hin und wieder einen Laut von sich gebend, als würde er eine in seinem Innern oder über Kopfhörer ertönende Melodie mitsummen. Und die Wühlmäuse, wohin hat es sie verschlagen, ich spüre sie nicht mehr bohren und graben.

Er sang oder summte so lange, bis der beginnende Tag sich noch einmal entfernte darüber und ein kurzer Traum an seine Stelle trat, aus dem Sperber keinerlei Bilder, bloß ein tiefes, seine eigentliche Freude durchkreuzendes Entsetzen in den Wachzustand mitnahm. Ausgestreckt blieb er auf dem Bett liegen, die Augen auf einen rostigen Streifen geheftet, der den blaugrauen Zink des gegenüberliegenden Daches durchzog. Er betrachtete die zwei Metallbänder, die um einen fleckigweißen Schornstein gespannt waren, als drohte dieser, jeden Augenblick zu platzen.

Das Entsetzen wich erst, als Sperber langsam klarwurde, was ihm eigentlich schon längst hätte klar sein können, nämlich dass er sich nur nicht vom Fleck zu rühren brauchte, um Luchs am Abend wiederzusehen. Auf den Dielen, vor der Wohnungstür, derart platziert, dass er spätestens beim Weggehen darauf gestoßen wäre, fand er zudem einen Schlüssel und einen Zettel mit den zwei Kodenummern, die man brauchte, um ins Haus zu gelangen.

Nackt lief Sperber mit achtsamen Schritten durch die Wohnung, blickte auf die Gegenstände, die darin verteilt waren, ohne zunächst zu wagen, seinen Blick länger auf einem von ihnen ruhen zu lassen oder gar etwas in die Hand zu nehmen. Zwei Zimmer, Küche, Bad.

Weil er darin am wenigsten eine Indiskretion entdecken konnte, flüchtete er sich in den Anblick eines Teppichs, in dem eidottergelbe, kapuziner-kressen- und kirschrote Fäden zu feinen, vibrieren-den Zackenmustern verschlungen waren. Lange schaute er auf dieses Viereck aus Licht, über das jetzt wärmend und glorifizierend die flache Hand der Morgensonne strich. Ein kleines Bücherregal er-fasste Sperber mit einem kurzen, beiläufig gemein-ten Blick: Außer dem Alten und Neuen Testament und einem Kochbuch für provençalische Küche schien es nur Gedichtbände zu enthalten, darunter auch, was Sperber gleich ins Auge stach, »Le labora-toire central« von Max Jacob in einer Taschenbuch-ausgabe. Mit fast geschlossenen Augen ging er an einem mit allerlei Papieren und Notizbüchern bela-denen Tisch vorbei in die Küche. Hier klebte über dem Küchentisch ein italienisches Filmplakat an der Wand: »Francesco, giullare di Dio«, von Rossellini. Das Bild war gemalt. Ein barfüßiger, junger Mönch stand klein und mit hängenden Armen in einer Ecke,

die Handflächen nach außen gekehrt und den Blick
schicksalergeben zum Himmel gehoben, von dem
aus ein gewaltiger, schnauzbärtiger, in eine Rüstung
gekleideter Neptun oder römischer Soldat mit vor-
geschobener Oberlippe und aufgeblasenen Wangen
auf ihn herabsah, das Gesicht zu einer kindlichen
Wutgrimasse verzogen, als wollte er sich gleich auf
das Mönchlein unten stürzen und es in Stücke rei-
ßen.

Am Küchenboden waren einige der sechseckigen
Tonkacheln zersprungen oder angeschlagen. Sperber blickte auf seine Füße, die ihn in das vordere
Zimmer, das als Wohnraum diente, trugen und von
da auf eine mit abgeschabtem, dunkelrotem Samt
bezogene Recamière oder Ottomane, an deren einem
Ende ein Haufen zerdrückter, perlenbestickter Kis-
sen darauf hindeutete, dass die Bewohnerin hier ihre
Abende verbrachte. Hinter dem alten, verzogenen
Glas der zwei sechsteiligen Fenster wellten sich, als
würde Sperber nicht durch die Pariser Spätsommer-
luft, sondern durch die flimmernde Hitze der Sahara
auf sie schauen, die gegenüberliegenden Häuserfassaden. Ein umgedrehter Pappkarton diente als
Beistelltisch. Neben der Ottomane verströmte eine
voll aufgeblühte weiße Lilie in einer hohen Kristall-
vase einen gar nicht jungfräulichen, eher boudoir-
haft süßlichen, schweren Duft.

Sperber hatte plötzlich das Bedürfnis zu springen, mit den Armen zu rudern, loszurennen, aber er blieb in dem großen, fast leeren Zimmer stehen, ohne sich zu regen. Über die Wände zuckte der Abglanz eines Sonnenstrahls, ein Lichtreflex, der von einem vorüberfahrenden Auto eingefangen und von einem Fensterglas auf der anderen Straßenseite noch einmal gebrochen und herübergeworfen wurde.

Sperber ging ins Bad, stellte sich unter den Duschkopf, der unverstellbar war und sich sonnenblumengroß zu ihm herabneigte, und ließ heißes Wasser über sich laufen. Kurz darauf war er angezogen und auf der Straße.

7

Als säße er nicht zwischen verstreuten Reiskörnern und verblasste Konfetti auf einer Stufe vor der Kirche Saint-Ambroise in der Sonne, sondern an der Küste, von der er sich nun schon seit Tagen entfernt hatte, sah Sperber einen Atemzug lang das Glitzern des Meeres vor sich, die ferne, im Morgendunst verschwimmende Linie des Horizonts. Er dachte nicht an Luchs, ebenso wenig wie er an seine Herzkammern oder an seinen Sehnerv dachte, auch rief er sich die Nacht nicht in Erinnerung. Alles Gewesene war nach wie vor da, in seinen Fingerspitzen, seinem Nacken, seinen Lippen, in all seinen Sinnen, überall.

Hier, hörte er eine Stimme hinter sich sagen. Das ist für Sie.

Ein bleicher, großer Junge hielt ihm mit dünnen Spinnenfingern einen Pappbecher mit heißem Kaffee hin.

Hier, sagte er noch einmal, da Sperber zögerte und ihn nur ansah.

Von dem Herrn dort.

Er deutete auf das Café an der Ecke, vor dem, im Begriff aufzubrechen, ein Mann in grauem Anzug stand und schnell noch einmal einen prüfenden Blick auf die Münzen warf, die er auf einem der Tische hinterlassen hatte. Ohne zu Sperber und dem Jungen herüberzuschauen, bog er nach ein paar Schritten in den Boulevard Voltaire ein.

Du meinst den Mann, der gerade gegangen ist?, fragte Sperber.

Vor dem Café saßen zwei Frauen, die miteinander sprachen, und ein zeitunglesender junger Mann.

Der Junge nickte, dann stellte er, da Sperber immer noch nicht zugreifen wollte, den Kaffee neben ihn auf die Treppe und lief davon.

Sperber fragte sich nicht, warum ihm ein Unbekannter einen Kaffee spendierte, aus einer Laune heraus oder vielleicht weil er ihn für einen Clochard hielt. Er saß und trank in kleinen Schlucken das heiße, stark gezuckerte Getränk. Aus hundertfünfzig Millionen Kilometer Entfernung wärmte ihn die Sonne; absichtslos, würden wohl die meisten unter uns vermuten, aber es ist nicht gesagt, dass sie es nicht aus Güte tat.

Vor ihm auf dem Boulevard gingen die Werktätigen vorüber, frisch frisiert und gekleidet, waren sie mit angespannter Miene unterwegs zu ihrem Lohndienst. Sperber stand auf und mischte sich unter sie, versuchte, ihren zielsicheren, eiligen Schritt anzunehmen. So kam er rasch voran. Er spürte, wie abgesondert er war von den Menschen, die ihn umgaben, und wie sehr er zugleich, auf eine ihm neue, überwältigende Weise, Teil von ihnen war. Das gewaltige Triebwerk der Stadt lief auf Hochtouren zu dieser Zeit, und obwohl Sperber keine bestimmte Aufgabe hatte und Eile nur mimte, wusste er, dass seine Anwesenheit in der quirligen Menge etwas, sei es geringfügig, veränderte und dass er mit jedem Einzelnen dieser Menge, mit jenem Schuljungen, den seine Mutter hinter sich herzerrte, mit jener Dame im senffarbenen Regenmantel und sogar mit ihrem spitzohrigen, frierenden Pinscher, auf offenkundige, wenn auch unsichtbare Weise verbunden war.

In der Rue de Dunkerque angelangt, unweit der Gare du Nord, entschied er sich, in den Vorstadtzug zu steigen, den RER – was in seinen Ohren immer klang wie »horreur« – und in die Banlieue hinauszufahren, wo er groß geworden war, nach Aulnay-sous-Bois. Nicht dass er unbedingt den Wohnblock noch einmal sehen wollte, in dessen 9. Stockwerk seine Eltern bis zu ihrem frühen Tod gelebt hatten, auch nicht die Schule, die er besucht oder vielmehr über sich hatte ergehen lassen. Es zog ihn zu zwei, drei Stellen, an die er sich lebhaft erinnerte, unter anderem zu einem Stück Brachland, über das er als einsamer Fürst oder Häuptling geherrscht hatte, das aber sicher längst bebaut war. Der Ort seiner Jugend würde hinter den Veränderungen der letzten Jahrzehnte kaum noch zu erkennen sein, ebenso wie Sperbers Jungengesicht verschüttet war unter dem Geröll und dem Staub der Jahre. Er löste eine Fahrkarte für einen Ort, den es nicht mehr gab.

Als er dann aber in einem der zerschrammten blau-weiß-roten Waggons saß, die sich wenig expressartig in Richtung Norden bewegten, änderte er sein Ziel noch einmal. Er blickte auf das Band unter der Waggon-Decke, wo die Stationen der Linie B bis nach Aulnay-sous-Bois und weiter bis zum Flughafen verzeichnet waren. Ihre Reihenfolge war ihm aus seiner Jugend vertraut, nur die Station La Plaine-Voyageurs hatte sich, seit es das neue Fußballstadion gab, in La Plaine-Stade de France verwandelt. Doch der Name Drancy, der ihm früher wie jeder andere gewesen war, stach nun plötzlich heraus.

Ehedem, als er in der Nähe lebte und ständig die Vorstadtbahn nahm, hatte er mit dieser Station ungefähr so viel verbunden wie mit jener anderen innerhalb der Stadt, mit Namen Stalingrad: ein historisches Ereignis, von dem er zwar vage Kenntnis hatte, das aber seiner Gegenwart nicht näher war als die Punischen Kriege, die Bartholomäusnacht oder

die Eroberung der Bastille. Seine ganze Jugend über
war er durch Drancy hindurchgefahren und kein
einziges Mal ausgestiegen. Erst Jahrzehnte später, als
er sich allein an der fernen Küste wiederfand und
dort, ohne Frau und Arbeit, zur Besinnung und später zum Lesen kam, löste sich der Nachbarort seiner
Kindheit aus dem Dunst, der ihn eingehüllt hatte.
Damals erfuhr er von dem bretonischen Dichter und
Maler Max Jacob, der dort, in jenem Lager, das die
Deutschen mit Hilfe der Franzosen in der Nähe
zweier Bahnhöfe eingerichtet hatten, umgekommen
war.

Er stieg an der Haltestelle Drancy aus. Aber wo
war Drancy? Wo, in dieser unübersichtlichen, ein-
förmig grauen, betonicrten Weite hatte das Lager
gestanden? Die Banlieues gingen ineinander über,
bildeten eine einzige, so gut wie lückenlos besie-
delte und befahrene Fläche. Sollte er sich nach rechts
wenden oder nach links? Er entschied sich für links
und lief eine Hauptstraße entlang, bis ihm ein Schild
nach »Drancy centre« die Gegenrichtung wies. Er
kehrte um. Die Straße überquerte eine breite Schneise
von Bahngleisen, eine gestreifte Ödnis, die ein paar
Büschel Unkraut hier und da vergeblich zu beleben
versuchten.

Der erste Mensch, dem er in Drancy begegnete,
war ein fast kahlköpfiger, noch junger drahtiger

Mann mit federndem Gang, der Sperber, auf seiner Höhe angelangt, die Hand hinstreckte und mehrmals hintereinander »Bonjour« rief. Sperber erwiderte seinen Gruß, aber ohne die ihm hingehaltene Hand zu ergreifen, aus Furcht, der andere könnte sie nicht wieder loslassen – Furcht, für die er sich augenblicklich schämte, doch da war der Grüßende schon vorübergegangen. Wurde hier jeder auf diese freundliche oder wahnsinnige Weise willkommen geheißen? In einem Vorgarten leckte sich eine weiße Katze mit schwarzem Kopf.

Der Weg zum »Herzen« von Drancy, falls es etwas Derartiges geben sollte, war, so unwirklich und übertrieben symbolschwer es auch klingen mochte, von Grabsteinen gesäumt. Nicht von Gräbern, nein: Unter den Grabplatten lagen keine Toten. Doch waren an der Straße, angezogen von einem nahen Friedhof, Bestattungsinstitute aneinandergereiht, vor denen jeweils, noch anonym und glatt, ohne eingravierte Daten und Namen, ein Dutzend verschiedene Marmorplatten und Grabsteine präsentiert wurden; ein kleiner Friedhof der Namenlosen am anderen.

Vor manchen Häusern war Gemüse angepflanzt, auch Blumen blühten hier und dort. In einem dieser Winzgärten standen zwei Olivenbäume, behängt mit noch unreifen, aber eine reiche Ernte versprechenden Früchten. Auch ein Feigenbaum wuchs dort und

Weintrauben in prallen, blaßblauen Bündeln, zudem
ein hoher Rosmarinstrauch, fast ein Baum, von dem
Sperber ein durch den Zaun hindurchwachsendes
Zweiglein abbrach. Auf den paar Quadratmetern, die
ihm zur Verfügung standen, hatte hier jemand den
ganzen Mittelmeerraum einfangen wollen.

Sperber fragte eine alte Frau, die an einer Bushaltestelle saß, nach dem Weg zur Cité de la Muette, der
Stadt der Stummen, wie die Siedlung hieß, in der das
Lager eingerichtet gewesen war. Es war dies kein
nachträglich zum Gedenken an die verschleppten
Toten erfundener, kein »poetisch« gemeinter Name;
schon Anfang der dreißiger Jahre, als die Sozial-
wohnungen entstanden, war die Siedlung so getauft
worden.

Sie sei nicht aus dem Viertel, sagte die Frau, und
kenne sich in der Gegend nicht aus.

Er fragte noch zwei weitere Passanten, von denen
keiner den Namen der Siedlung je gehört zu haben
schien. In der Avenue Henri-Barbusse, die Sperber als
Hauptstraße des Vorortes identifizierte, wies schließlich ein Schild zur Cité de la Muette nach rechts.

Der vierstöckige Sozialwohnungsblock in Huf-
eisenform lag in freundlichem, klarem Sonnenlicht.
Hufeisen bringen Glück, heißt es, und tatsächlich
hatten die Nazis das Glück, hier ein fast schon ferti-
ges Gefängnis vorzufinden. Der Gebäudekomplex war

nur nach einer Seite hin offen, und so brauchten sie bloß noch diese offene Schmalseite mit einem Zaun zu verschließen, das Ganze mit Stacheldraht zu umgeben und an jede Ecke einen Wachturm zu setzen, und schon war aus dem sozialen Wohnungsbau ein Lager geworden. Nach dem Krieg öffnete man die Schmalseite wieder, und aus Kerkern wurden wieder Wohnungen.

Aus einem offenen Fenster hing ein Teppich zum Lüften, aus einem anderen drang Kinderweinen. Mit leisen, schüchternen Schritten trat Sperber in einen der Treppenaufgänge, wo ihm ein junger Mann in Trainingshose entgegenkam und auf seinen Gruß hin etwas Undeutliches murmelte. Die Namen, die auf den Briefkästen standen, siedelten den Ort irgendwo zwischen Balkan, Maghreb und Pakistan an. Sperber ertappte sich dabei, den Namen Max Jacob unter ihnen zu suchen, als stünde er nicht vor Briefkästen, sondern vor Gedenktafeln. Ein Aushang kündigte die Entlüftung der Heizungsrohre an. In den oberen Stockwerken waren Hammerschläge zu hören, eine Tür knallte zu, gedämpft drang eine männliche Radio- oder Fernsehstimme in die Eingangshalle herunter. Es war, als hätten sich verirrte, mittellose Menschen aus aller Welt auf einem Friedhof eingerichtet und mit den Jahren die ursprüngliche Nutzung des Ortes völlig vergessen.

Die Gedenktafel für Max Jacob fand Sperber draußen, an den Klinkern der Hufeiseninnenwand. Zwischen den Sträuchern und Bäumen des in eine »Grünfläche« verwandelten, einst mit Kohlenschlacke bedeckten ehemaligen Lagerinnenhofs sah Sperber zwei größere Kinder einen Säugling, wohl ihren kleinen Bruder, spazieren fahren. Noch immer dachte er nicht ausdrücklich an Luchs, aber alles, was ihm in den Blick geriet, sah er, ohne es zu merken oder jedenfalls ohne sich darüber zu wundern, mit anderen, geweiteten Augen. Er blickte in die Läden hinein, die an der Außenseite der Cité im Erdgeschoss angesiedelt waren, darunter ein Bäcker und ein Geschäft für Hundezubehör und -nahrung, in dessen Schaufenster Leinen und Ketten auslagen. Er betrachtete das Granit-Denkmal, das ebenso monumental wie unbeachtet am Eingang der Cité stand und über ein paar Meter »Gedenk-Schienen« mit einem restaurierten, in einen Ausstellungsraum verwandelten Deportations-Waggon verbunden war. Die Ausstellung war geschlossen. In einem solchen verplombten Waggon, las er, waren jeweils hundert Menschen zusammengepfercht und nach Polen verschleppt worden. Sperber versuchte sich vorzustellen, was da geschrieben stand, aber wie immer, wenn er sich den Verschleppungen und Morden des Nazi-Reichs gedanklich nähern wollte, merkte er, dass es ihm nicht gelang und wohl auch nicht gelingen konnte. Die einzelnen Gegebenheiten, soweit er über sie Bescheid wissen konnte, die Größe des Waggons, die Anzahl der darin Gefangenen, die Trennung von den liebsten Menschen, der Mangel an Platz und Luft und Wasser und Nahrung, das Scheißen und Pinkeln inmitten der anderen, die endlose, und dann doch mit noch Schlimmerem endende Fahrt, all diese Gräuel waren zwar konkret, aber sie waren – für ihn jedenfalls – nicht vorstellbar. Er spürte, dass seine Einbildungskraft dort nicht hinreichte, wo alle diese einzelnen Qualen in einem menschlichen Leib, in einer menschlichen Seele zusammentrafen. Was ein solcherart Eingepferchter erduldet und empfunden hatte, war für ihn, den später Geborenen und von der Geschichte Verschonten, letztlich nicht zugänglich.

Er streunte noch ein wenig um die Cité herum, las das Schild an ihrer Innenmauer, das den »deutschen Besatzer«, und jenes andere, vor dem Gedenk-Waggon angebrachte, das den »französischen Staat von Vichy« für die Deportationen verantwortlich machte. Vollkommen ahnungslos oder vollkommen zynisch hatte ein Verein von Modelleisenbahnbauern einen der Gebäudekeller bezogen.

Exakt im Mittelpunkt der großen Stadt, Notre-Dame gegenüber, in jenem Krankenhaus oder Gotteshotel, wo täglich gestorben und geboren wurde, war Luchs zur gleichen Zeit damit beschäftigt, einen schrumpeligen, noch fast blinden Jungen ans Licht zu ziehen.

Über der Cité de la Muette war der Himmel atlantisch klar, tiefblau.

8

Luchs wartete am Quai de la Mégisserie auf den Bus, der sie nach Hause bringen würde. Der nächste sollte, der elektronischen Anzeige nach, erst in siebzehn Minuten kommen, dafür würde der übernächste gleich zwei Minuten später folgen. Luchs war das recht. Sie würde unter dem trüben Glasdach sitzen bleiben, den Fluss und die darin sich spiegelnden Lichter im Rücken, vor sich den stockenden Autostrom, und Minute für Minute ihr Warten genießen und sich an der eigenen Ungeduld erfreuen. Das Warten voll froher Ungeduld war ein Glück, ein seltenes, kostbares Geschenk, für das sie den monströsen Autoschlangen und den engen Straßen dankbar war. Mit der Heftigkeit ihrer Ungeduld hielt sie die Zeit auf, und mit ihrer Freude an der Vorfreude trieb sie sie voran. Somit blieb die Zeit also stehen? Nicht ganz. Wie stahlgewordene Sekunden und Minuten zogen die lackierten Karosserien ruckartig an ihr vorüber.

Sie saß neben einer verschleierten Mutter mit Kinderwagen auf der eisernen Wartebank, das Gesicht von dem Sonnenkranz ihres Haares umgeben, und spürte in sich die zwei Kräfte, nennen wir sie Eile und Weile, einander entgegenwirken. Während das Kind in seinem Wagen, von der Mutter geneckt, selig lachte, war Luchs befasst mit diesem langsamen Sich-Sputen, cette hâte lente. Noch nie hatte jemand in ihrer Wohnung auf sie gewartet. Noch nie war sie sich einer Sache sicher gewesen. War sie es diesmal? Ja. Aber welcher Sache? Sie hätte sie nicht benennen können, oder sie wollte sie nicht benennen. Noch nie hatte sie einen Menschen, wie Sperber, aus der Ferne reden oder murmeln oder singen hören können.

Luchs sah auf den nachtblauen Schleier, der das Gesicht ihrer Banknachbarin verdeckte und nur die kholgeschwärzten Augen frei ließ. Mit einer Hand sachte den Kinderwagen immer wieder um eine Daumenlänge vor- und zurückrollend, blickte die Verschleierte jetzt vor sich hin und beachtete sie nicht. Um die zwei Frauen her dröhnte der Stadtverkehr, Menschen umkurvten einander auf den Bürgersteigen. Vollkommen ruhig und durch ihre Ruhe von dem Getümmel abgeschirmt, saßen die beiden Wartenden auf ihrer Bank.

Ein doppelstöckiger roter Sightseeing-Bus zog

vorüber, von dessen offenem Dachgeschoss aus zwei amerikanische Paare die Häuserfront auf dem anderen Flussufer durch ihre winzigen Kamerabildschirme betrachteten.

Behutsam berührte Luchs ihre Nachbarin am Arm, bis sich der verhüllte Kopf drehte und die zwei Augenlichter sich auf sie richteten.

Verzeihung, sagte Luchs.

Wie aus zwei Turmalinsteinen blickte die andere sie an.

Ich wollte Sie bitten … nur für einen Augenblick … nur für mich, es sieht ja keiner her … Ihren Schleier abzunehmen.

Ich nehme ihn nie ab auf der Straße.

Die Stimme, die das sagte, war barsch und dabei fast noch die eines Kindes.

Nur ganz kurz. Nur einen Wimpernschlag lang. Außer mir wird Sie niemand sehen.

Warum?, fragte das Mädchen streng. Warum wollen Sie das?

Ich weiß es nicht, sagte Luchs.

Und nach einer Weile: Ich wünsche es mir.

Die junge Mutter blickte sie unverwandt an.

Sie sagte: Deine Haare sind so schön.

Dann schaute sie auf das im Wagen eingeschlafene Kind, warf auch einen kurzen Blick auf die Passanten, die es eilig hatten, nach Hause zu kommen. Ihre

Augen kehrten zu Luchs zurück. Ohne den Blick von ihr zu wenden, löste sie den Stoffstreifen, der ihre untere Gesichtshälfte bedeckte, und entblößte zwei, drei Atemzüge lang ein zum Verstummen oder Niederknien schönes, mattseidiges Antlitz, dessen Zartheit noch unterstrichen wurde von einer blassen, messerschnittförmigen Narbe auf der linken Wange, knapp über dem Mund.

Als sie den Schleier wieder befestigt hatte, blieb Luchs zurück mit dem Bild ihrer Schönheit, einer außergewöhnlichen, bestürzenden Schönheit, die allen Fremden, Männern wie Frauen, ja die der ganzen Welt verborgen blieb und das Aufsehen, das sie leicht hätte erregen können, mied.

Danke, sagte Luchs leise.

Noch einmal ein kurzer Blick aus lächelnden Turmalinaugen. Auf dem Boulevard schienen die hinteren Karosserien die vorderen vor sich herzuschieben.

Kurz hintereinander fuhren bald – oder nach langer Wartezeit – die zwei Busse vor. Luchs und das verschleierte Mädchen stiegen in den zweiten, der fast leer war, setzten sich aber nicht nebeneinander. Die junge Verschleierte nahm ganz vorne Platz, hinter dem verdunkelten Glas, das den Fahrer abschirmte, und kehrte fast allen anderen Sitzen den Rücken zu; Luchs setzte sich in die Nähe der hinteren Tür.

Während der Bus vorwärtszuckelte, ungeachtet seines Schneckentempos immer wieder scharf bremsend, wodurch die wenigen Passagiere, wie von plötzlicher Übelkeit erfasst, jäh vornübergeworfen wurden, hatte sie das unbestimmt-deutliche Gefühl, belauert oder beschattet zu werden. Umdrehen wollte sie sich nicht, aber sie glaubte sich zu erinnern, dass zwei Männer in den hinteren Reihen gesessen hatten, als sie eingestiegen war. Beide saßen noch, als sie den Bus wieder verließ. Im Aussteigen glitt ihr Blick kurz über die Männer; keiner der beiden schaute zu ihr hin, keiner war auf irgendeine Weise auffällig. Es waren zwei Männer, der eine etwas älter, der andere etwas jünger, das war alles.

Trotzdem war sie unruhig. Obschon das nicht der kürzeste Heimweg war, ging sie entgegen der Fahrtrichtung des noch stehenden Busses davon, hielt dann aber nach ein paar Schritten inne und sah sich um. Auf der Rückbank des wieder anfahrenden Busses hatte sich einer der Männer, der jüngere, ebenfalls umgedreht und sah zu ihr hin. Als ihre Blicke sich trafen, hob er seine rechte, zur Faust geballte Hand, aus der zwischen Zeige- und Mittelfinger die Spitze des Daumens herausschaute. Fünf Minuten später, als sie ihre Wohnungstür öffnete und Sperber dahinterstand, hatte Luchs den Mann vergessen.

Sie hielten einander umfangen, lange, und sprachen nicht. Was sie in ihren Zehen spürten und in ihrer Magengrube, was ihre Kopfhaut belebte und ihre Adern durchflutete und wovon sie nichts oder wie wenig nur geahnt hatten bis dahin, war Glück. Wenn das Einander-Finden und -Erkennen eine Lust und eine Freude gewesen war, so war das Einander-Wiederfinden gesteigerte Lust und gesteigerte Freude; ein Fest.

Luchs fand Sperbers Mundwinkel wieder, die leicht nach oben gebogenen, feinen, und drückte ihre Lippen auf diese ihr schon vertrauten, heiteren Klammern. Abermals sah sie die hochfahrend-scheue Linie seines Kinns und die verwegene Wölbung seiner hageren Nase. Wucht und Weichheit, Unruhe und Besonnenheit lagen in seinen Zügen, und sie spürte, während sie ihn anschaute, wie witz- und wertlos das eine gewesen wäre ohne das andere. In seinem Blick, in seinen Augen sah sie jenes Wunder, jenes Ding der Unmöglichkeit, das zwischen ihnen vorgefallen war.

Sie setzten sich an den Küchentisch und tranken ein Glas Wasser. Zum ersten Mal seit Beginn ihrer neuen Zeitrechnung hatten sie einen Tag hinter sich, und sie saßen und erzählten einander, wie er in der Mitte der Stadt und an ihrer Peripherie vergangen war.

Später, als es schon fast Nacht geworden war

draußen, holte Luchs ein altes Stück Pecorino mit schwarzen Pfefferkörnern, das sie vor dem Fenster liegen hatte, und ein Glas halbflüssigen, zu bröseligen Körnern kristallisierten Lindenblütenhonig hervor, und sie aßen beides zusammen und tranken kalten, fast farblosen Weißwein dazu.

Warum ist deine Frau von dir weggegangen?, fragte Luchs geradeheraus.

Ich habe nicht mehr mit ihr gesprochen, sagte Sperber. Habe einfach kein Wort mehr rausbekommen, sobald ich zu Hause war mit ihr.

Aber mit dem Kind hast du gesprochen?

Mit dem Kind ja, aber nur wenig, ein paar Worte, oder ich hab ihm etwas aufgemalt. – Es war das Haus. Sobald ich die Tür aufgeschlossen habe, war in derselben Sekunde mein Mund verschlossen, als hätte sich der Hausschlüssel selbsttätig in zwei Schlössern auf einmal gedreht.

Und draußen, vor der Türe, hast du da mit ihnen gesprochen?

Ja, manchmal am Sonntag, wenn wir rausgefahren sind aufs Land oder zu den Großeltern, da habe ich sprechen können, jedenfalls ging es da besser.

Wann hat das begonnen, dein Verstummen?, fragte Luchs.

Das Kind war noch klein. Es fing so an, dass ich mich anstrengen musste, immer mehr anstrengen beim Reden. War ich einmal über die Haustürschwelle getreten, brauchte es immer mehr Kraft, meine wie gefrorenen Lippen zu bewegen. Irgendwann kostete es mich so viel Mühe, dass ich den Mund nicht mehr aufbekam.

Und du hast nichts dagegen tun können?

Vielleicht hätte ich etwas dagegen tun können, aber ich habe nichts getan.

Und das Kind, wie alt ist es heute? Wo ist es?

Kurz nach Weihnachten, am Stephanstag, wird es sechzehn. Kein Kind mehr. Oder doch? Ein Junge ist es. Gwenaël. Vor neun Jahren habe ich ihn zum letzten Mal gesehen. Seine Mutter ist mit ihm in ihre Heimat zurückgegangen, nach Québec. Ich schreibe ihm Briefe. Viele, unzählige Briefe habe ich schon geschrieben, und fast nie habe ich eine Antwort bekommen. Vielleicht haben ihm meine vielen Briefe Angst gemacht? Vielleicht hat ihm seine Mutter gesagt, sein Vater sei verrückt? Vielleicht bin ich es? Ich weiß es nicht.

Bist du deshalb so weit wie möglich nach Westen gezogen? Um deinem Sohn näher zu sein?

Nein, sagte Sperber, eher um weiter weg von mir selbst zu sein.

Du meinst, von deinem Kindheitsort?

Sperber, in Gedanken versunken, antwortete nicht.

Vor ein paar Jahren habe ich, draußen an meiner

Küste, ein Buch über Drancy gelesen, sagte er irgendwann. Darin war das Zeugnis eines alten Mannes namens Léon festgehalten. Er sagte, seine Schwiegermutter und seine zwei kleinen Töchter seien von dem Sammellager aus verschleppt und ermordet worden. Es gebe eine Gedenktafel auf dem Friedhof mit der Inschrift »Gestorben für Frankreich«. Er selbst habe sich nach dem Krieg, als Rentner, eine Wohnung in der Cité de la Muette gemietet, um im Alter dem Andenken an seine Kinder näher zu sein.

Sperber sah Luchs an.

Das ist mir bei »näher dran« und »weiter weg« wieder eingefallen, sagte er.

Ob wohl heute noch ein einziger Mensch in dieser Siedlung lebt, für den es eine Verbindung zu der Vergangenheit des Ortes gibt?, fragte Luchs. Der wenigstens manchmal daran denkt?

Es wirkte nicht so, wahrhaftig nicht. Aber ich weiß es nicht.

Sperber sah durch das Küchenfenster auf die Umrisse der Kastanie, deren mächtige Krone sich über die Hinterhöfe erstreckte und den Mond umwölkte, und einen halben Pulsschlag lang waren alle Toten, alle je auf der Welt Gewesenen gleichzeitig mit den Lebenden in der Tiefe der anbrechenden Nacht zugegen.

Er ergriff Luchs' vierfingrige Hand, beugte sich

darüber und küsste sie. Der weiche, runde Handballen war mit kaum sichtbaren Grübchen, mit Grübchenandeutungen versehen, und ihre Finger verjüngten sich wie die einer in Öl gemalten Jungfrau oder Edeldame. Die Vorstellung der Verletzung und Verstümmelung, die ihr vor Jahren beigebracht worden war, erschreckte Sperber so sehr, dass er am ganzen Leib erschauderte, als seine Lippen die knorpelige Stelle gleich über dem Gelenk berührten, wo der Zeigefinger fehlte, und noch einmal (ein letztes Mal?) verfiel er kurz in einen seiner Ticks, um die angstvolle Erregung in sich zu mildern, die den ganzen Tag über in ihm gewachsen war und jetzt einen Höhepunkt erreichte. Im Dreivierteltakt mit der Zunge gegen den Gaumen tippend, gelang es ihm, seine Gedanken auf einen Seitenweg zu lenken.

Du bist reich, sagte er. Aber du lebst in dieser kleinen Wohnung, und du gehst Tag für Tag arbeiten. Worin besteht dein Reichtum?

Luchs lachte.

Du stellst dir wohl vor, dass die reichen Leute ihr Leben lang im Garten ihrer Villa an der Côte d'Azur an einem Pool sitzen? Soll ich mir etwa von meinem Geld, vielmehr vom Geld meiner Eltern, eine Lebensweise aufzwingen lassen? Ich wollte eine Arbeit haben, einem Tagwerk nachgehen, und zwar genau diesem. Und noch nie reizte mich etwas an dem

Gedanken, eine riesige leere Villa oder ein halbes Dutzend unbewohnter Räume einer Altbauwohnung um mich zu haben. Ich lebe, wie ich leben will. Mit meinem Reichtum sind andere beschäftigt, Bankangestellte, Notare, Versicherungsagenten. Mein Luxus besteht darin, so wenig wie möglich daran zu denken.

Warum verschenkst du nicht lieber alles?

Weil ich dann nicht mehr das Gefühl hätte, auch völlig anders und an jedem beliebigen Ort leben zu können. Aber ich denke schon darüber nach.

Darin besteht also dein Luxus.

Im Nachdenken?

Nein, im Genießen all der nicht wahrgenommenen Möglichkeiten.

Ja. Darin auch.

Sperber legte ihren Handrücken an seine rechte Wange und schwieg.

Es ist eigenartig, sagte er nach einer Weile. Es kommt mir vor, als hätte ich mir nie etwas ausgesucht, und vielleicht gab es auch nicht viel zum Aussuchen. Ich bin dort gelandet, an meiner fernen Küste. Gestrandet. Habe meine Arbeit verloren. Kleine Aushilfsarbeiten gefunden. Dort lebe ich nun, von fast nichts. Und jeden Tag, ich brauche nur ein paar Schritte zu gehen, ist aufs Neue ein unbegrenzter Reichtum vor mir ausgebreitet. Ich gehe los und atme den Aufwachwind ein, der beinahe immer vom Meer her weht, und jeder Atemzug ist ein belebendes, berauschendes, berückendes Geschenk. Durch eine Wolkenkluft fließt das Sonnenlicht auf mich herab, und ich bleibe stehen und hebe den Kopf und lausche dem wilden Gelächter der Möwen.

Luchs drehte ihre Hand, so dass ihre Handfläche an Sperbers Wange zu liegen kam. Sie lachte wieder, doch in ihrem Lachen war kein Spott.

Ich bin reich und lebe in Armut oder jedenfalls Bescheidenheit, sagte sie. Du bist arm und labst dich tagtäglich an einem unermesslichen Reichtum. Wen wundert es, dass wir zueinander gefunden haben? Dein Reichtum war für meine Armut, deine Armut für meinen Reichtum geschaffen.

9

In ihren zum Kuss vereinten Mündern kämpften ihre Zungen bald träge, bald ungestüm wie zwei junge, spielende Bären. Wohin waren ihre Gedanken entflohen? Ihre Gedanken waren verstummt und lauschten einer gurrenden, schnalzenden, wimmernden, jauchzenden, inbrünstigen Flüsterstimme.

Sperbers Mund löste sich und küsste sich abwärts, wanderte durch ein sanftes Tal von einer Brust zur anderen, küsste sich voran über flaumige Prärien bis hin zu dem trockenen Bauchnabelbrunnen, küsste sich schließlich hinunter ins Dickicht und schickte die Zunge voraus zu einer Probebohrung. Und die Erde hob sich und ächzte, als er sich in sie eingrub und sie zerteilte, und da die Zunge nicht tief genug hinabreichen wollte, schickte er zwei Finger vor und stieß sie in die Höhlung hinein, langsam, schneller, lauschte den Erschütterungen aus der Tiefe und antwortete darauf, die Lippen an dem zartwinzigen Knauf, von dem aus die Erdstöße sich steuern ließen.

Einem Indianer gleich, der, das Ohr an den Boden gepresst, das Hufgetrommel einer nahenden Büffelherde aus der Ferne erlauschen kann, spürte er mehrfach das große Aufbäumen bevorstehen, und mehrfach zögerte er es hinaus, um es noch heftiger werden zu lassen, doch irgendwann gab es kein Zügeln und Drosseln mehr, und kurz bevor der Ausbruch kam, ohne Finger und Lippen zu lösen, kniete er über Luchs' Gesicht und versenkte sich in ihrem offenen Mund. Ausgehend von der Mitte und sich fortsetzend bis in die letzte Haarspitze, begann genau in diesem Augenblick das große, unaufhaltbare Beben. Tief innen, wo Sperbers Hand noch immer vergraben war, fühlte er, als würde er von einer inneren Faust gepackt und wieder losgelassen, ein mehrfaches, heftiges Zusammenziehen und Dehnen, während Luchs' Lippen ihn warm und fest umschlossen hielten.

Dann, die Wellen verebbten langsam, lag sie an seiner Schulter, und er hielt sie, und sie hielt ihn, wie keiner von ihnen je einen Menschen gehalten hatte. In der lauen, lichtergesättigten Spätsommernacht der großen Stadt hielten sie den nackten, lebendigen, zuversichtspendenden Leib des Glückes in ihren nackten Armen.

Und weiter wuchs zwischen ihnen das Verlangen; Sperbers Hand nahm, behutsam kreisend, ihre Lieb-

kosungen wieder auf. Der wachsweiche, noch atem-
lose Körper der Geliebten rollte zur Seite, und
Sperber schmiegte sich an ihren Rücken. Und das
fremd-vertraute Wesen, das zwischen seinen Schenkeln zuckte und sich gebieterisch gebärdete, schlug
wie zum Spiel gegen ihre Flanken. Luchs, gar nicht
willenlos, drehte sich auf den Bauch. Lange lust-
wandelte er über ihren Rücken und die zwei weißen
Zwillingshemisphären, bevor seine Hand, tief in die
offene Schenkelschere greifend, aufs Neue Zuflucht
fand. Beim Hin und Her seiner starren Finger vernahm er das leise lockende Gurgeln und Schmatzen,
das aus der Tiefe kam, und er wollte in die Quelle
eintauchen und an ihr trinken, wollte mit Leib und
Seele in ihr versinken.

Einem lebendigen Harnisch, einem warmen, beweglichen Panzer gleich legte er sich über die Geliebte und deckte sie zu, hüllte sie ein mit seinem
großen Körper; seine Brust lag an ihrem Rücken,
seine Knie in ihren Kniekehlen, seine Hände auf den
ihren, sein Gesicht in ihrem zerflossenen Haar. Und
der Stock, der lebendige, verschwand in dem weichen Schacht, wo er von jeher hatte sein wollen und
zu Hause war. Um sich schlagen konnte er in dem
engen Spalt nicht mehr, aber er wuchs und härtete
sich noch, obschon es fast nicht mehr möglich war.
Bis an den Höhleneingang zog er sich zurück, ver-

weilte dort fast regungslos, um Fingerkuppenlänge hin und her sich bewegend, und schnellte wieder vor, bohrte sich in den Bauch und auf das Herz seiner Geliebten zu. Er wütete und liebkoste, bis er knapp vor dem Überschäumen war, und weil die Lust die ganze Nacht und das ganze Leben hindurch währen sollte, glitt er ins Freie hinaus und rastete eine Weile; ein knorriger, im fahlen Mondlicht nass schimmernder Wurzelstock.

Sperber richtete sich halb auf, legte seine gespreizten Hände auf die Halbkugeln und zog sie auseinander. Der andere Eingang war zwischen blassroten Falten verborgen, saß in deren Zentrum wie ein Knopf in einer Polsterung. Begierig näherte sich das Tier, zwängte sich um eine Eichel- oder Kastanienlänge weit vor. Aus dem Haarwust kam ein Ächzen. Nein, hörte Sperber durch die kühle Haarflut hindurch. Ja.

Die Zwillingsbälle, die in seinen Handflächen lagen, waren so glatt wie die Kugeln einer Kegelbahn und kaum größer. Sachte ließ er seine Hände darauf kreisen, bevor er die Kluft weitete, die Zwillinge trennte. Noch einmal gewann er eine Daumenbreite Terrain.

Er beugte sich vor und schmiegte sich an den Rücken der Geliebten, an ihre angespannten, um ihn gekrampften Hinterbacken, zwischen denen die

Spitze seines hartgeschwollenen Geschlechts fest-
steckte wie ein gerade abgeschossener Pfeil, der noch
zittert im innersten Zielscheibenring. Mit seinen
Knien, die zwischen den ihren lagen, drängte er ihre
Schenkel weiter auseinander, und seine Hände griffen in die matt leuchtende Haarwirrnis und legten
eine Wange frei, einen Bissen Hals, die glühende
Muschel des rechten Ohrs, in das er Worte flüsterte,
die er selbst nicht wusste.

Er schob eine Hand unter ihren Bauch und schlug
sich ins Gebüsch, spielte mit dem zartwinzigen
Höcker, der darin wuchs, und mit jedem seiner
Koseworte zwängte er sich tiefer in sie hinein. Er
wollte vor und zurück, wollte auf und ab und war
doch eingeschnürt und eingekeilt in dem viel zu
engen Gang. Unten im Dickicht schwoll zwischen
seinen Fingern der kleine Vorsprung an. Da lockerte
sich allmählich und kaum merkbar der Griff, und
Sperber bohrte sich vor, bis er ganz in dem verborgenen Gang wie in einer geballten Faust verschwunden war. Mit vermeintlicher, in Wahrheit wollüstig
gemimter Gnadenlosigkeit fuhr er in dem schmalen
Zylinder hin und her; kaum mehr verständlich war
jetzt sein Gemurmel an ihrem Ohr.

Und während er sie im Innersten umgrub und
erschütterte, war seine rechte Hand weiter unter
ihrem Bauch vergraben und spielte unablässig im

Dickicht. Seine Linke hatte bis jetzt ihre Stirn gehalten und ihren Kopf zu sich zurückgezogen; dabei hatte er die lustvollen Klagelaute vernommen, die aus ihren geöffneten Lippen drangen. Starr steckte er in ihren Eingeweiden und würde es nicht mehr lange dort aushalten können. Er ließ seine Hand von ihrer Stirn und über ihr Gesicht gleiten, betastete die zarte Schwellung ihrer Lippen, knetete und formte sie wie weichen Ton. Dann schob er seine drei mittleren Finger tief in ihre Mundhöhle hinein. In diesem Augenblick hob sich ihr Becken, und er spürte, wie sie sich um ihn krampfte und ihn erlöste. Aus dem Mund, den seine ausgestreckten Finger füllten, troff Speichel auf das weiße Laken.

Später, als sich im Fenster der Himmel schon rötete, lagen sie verschlungen oder aneinandergewachsen, ein einziges, glückseliges Wesen mit vier Armen und vier Beinen, und sie ächzten vor Wohlsein in der trockenen Wärme, die von ihren ermatteten Leibern ausging. In ihrer halbwachen Seligkeit verspürten sie erneut und wie für alle Zeiten, wofür es keine oder allenfalls jene armen Worte gegeben hätte: Jetzt kann nichts – nichts Schlimmes – mehr geschehen.

10

Etwas von dieser Zuversicht und Wärme trugen sie am nächsten Morgen in die Welt hinaus. Der Herbst würde kommen, die Stadt ergrauen. Wie immer täte die Erde – den Menschen zuliebe? –, als stünde sie still, während sie sich in Wahrheit weiterdrehen, stur und unaufhaltbar durch das Weltall rasen würde. Und mit der gleichen unmerklichen Schnelle würde sie ihre Bewohner dem Tod entgegenführen. Doch die Luft war mild, und die Sonne schien klar und unverhüllt in die allmählich sich belebenden Straßenschluchten. Wie schon an den vorherigen Tagen spürten die Stadtbewohner an jenem Morgen, dass die nachsommerliche Wärme sie zum letzten oder vielleicht vorletzten Mal in diesem Jahr umfing, aber es wäre keinem eingefallen, darüber in Wehklagen zu verfallen. Die Menschen liefen durch die helldunklen Gassen, als seien sie mit dem Erlöschen des Sommers und mit dem eigenen Sterben, da es nun einmal unvermeidlich war, einverstanden.

Sperber begleitete Luchs an diesem Morgen bis zum Hôtel-Dieu und hielt auf dem gesamten Weg, den sie zu Fuß zurücklegten, ihre vierfingrige Hand in seiner linken. Manchmal, wenn ihre Stimme oder ihr Blick ihn liebkosend berührte, wenn die Sonne in ihrem Haar aufglühte und ihn sein Glück durchzuckte, führte er ihre Hand an seine Lippen.

Als suchten sie im Strom der Passanten nach Beute, kreisten vor dem blauen Himmel über der Rue du Louvre zwei Möwen, die krächzende, gelassen-verzweifelte Schreie ausstießen. Mit einem Flügelschlag trugen sie Sperber an seinen fernen Küstenzacken. Kurz beschäftigte ihn die Frage, ob er in Zukunft bei Luchs in der großen Stadt bleiben oder sie mit ihm an den Ozean kommen würde. Wurden nicht auch dort Kinder geboren und Helfer gebraucht? Am Abend würde er mit ihr darüber reden.

Am Fluss angelangt, liefen sie das kurze Stück bis zum Pont Neuf der Sonne entgegen, neben sich die ungeduldig vorandrängende Autoschlange. Wie an einem auf Grund gelaufenen, schon lange von niemandem mehr beachteten Luxusdampfer gingen sie an der seit Jahren und auf unbestimmte Dauer geschlossenen Samaritaine vorbei, durch deren leere, von den Notausgangsschildern in funzeliges Licht getauchte Säle und Gänge hin und wieder ein Wächter schlurfen mochte, in der Hand ein Walkie-Talkie, das, wenn es nicht gerade stumm war, die ferne, undeutliche Stimme der Stadt oder eines Gottes zu übertragen schien.

Rechts vor ihnen tauchte bald der mächtige, furchteinflößende, die meiste Zeit seiner jahrhundertelangen Existenz als Gefängnis genutzte Conciergerie-Palast auf. Sie näherten sich dem Hôpital de l'Hôtel-Dieu und der dahinter aufragenden Kathedrale, dem Ort der leiblichen Gebrechen und Qualen und dem benachbarten der Seelenpein.

Es würde gleich neun Uhr schlagen, Luchs musste sich eilen. Auf dem Vorplatz von Notre-Dame hätten die Vorübergehenden, wären sie nicht in Hetze oder mit anderem beschäftigt gewesen, das Leuchten von Sperbers eisgrauen Augen und das von Luchs' byzantinischem Schopf gesehen. Er schlang seine Arme um sie und hielt sie umfangen. So standen sie. Dann trennten sich ihre Wangen, und bevor sie auseinandergingen, fassten sie einander kurz, wie für einen Reigen, an den ausgestreckten Händen. Um Luchs' blasses Gesicht rundete sich die dunkelgoldene Haar-Aureole, und dieser Schein war es, mehr als ihr Lächeln oder die zierlichen Umrisse ihrer Gestalt, den Sperber, als sie schon im Eingang des Krankenhauses verschwunden war, noch lange vor Augen hatte und mit sich davontrug.

Sperber stand auf dem Kathedralenvorplatz, der auch der Krankenhausvorplatz war, und brauchte sich nicht lange zu fragen, wohin er sich wenden sollte. Ohne Baugerüst lag die Kirchenfassade fast klein, hell, mürbeteigfarben im Gegenlicht. An dem knienden Bettler vorbei, der den Eintretenden seinen entblößten Armstumpf entgegenhielt, trat Sperber in das hohe Kirchenschiff ein, das auch zu dieser Stunde schon erfüllt war von dem lauten Raunen der Besucherscharen. Hatte sich eine Wolke vor die Sonne geschoben? In der Kirchenhalle herrschte die fahle, von elektrischen Leuchten punktweise erhellte Düsternis eines Unterholzes. Die in regelmäßigen Abständen angebrachten Flachbildschirme schienen drauf und dran, statt Psalmennummern Werbung oder den Wetterbericht auszustrahlen. Während Sperber durch eine Seitenallee zwischen den Stuhlreihen auf den Chor zuging, umhüllten ihn engelgleiche, nie verstummende Lautsprecherstimmen, eine Art geistliche Warenhausmusik.

Er setzte sich vor den Chor rechts in die vierte Reihe, von wo aus er die linke der monumentalen blauvioletten Rosetten sehen konnte, die, das Auge weitend und dabei feingliedrig wie ein Mandala, zu beiden Seiten des Querschiffs erblühten. Die Winzkamera in ihren erhobenen Händen haltend, den Kopf in den Nacken gelegt und das Rückgrat durchgebogen, waren auch hier, wie vor dem Obelisken, die Besucher in die Handlungen ihres speziellen Ritus versunken. Darüber, wo sich die Gottheit versteckt hielt oder in welcher Richtung man sie sich vorzustellen hatte, schien Uneinigkeit zu herrschen: Die einen waren der Orgel, die anderen dem Chor, die dritten den farbigen Fenstern zugewandt, wodurch der Eindruck eines gewaltigen Durcheinanders, einer wahl- und richtungslos gewordenen, blindlings um sich schießenden Massenhuldigung entstand. Gelänge es jemandem, dachte Sperber kurz, alle Bildhascher dieser Erde in dieselbe Richtung, sich selbst, dem Eiffelturm oder der Sonne zu zu drehen, es würde vielleicht eine neue Religion entstehen. Aber nein. Kaum war der Blitz verloschen zwischen ihren Händen, verloren sie jegliches Interesse an ihrem Kultobjekt und wandten sich ab, ohne auch nur noch einmal einen Blick darauf zu werfen.

Sperber saß reglos auf seinem Stuhl, der, gemäß den Dimensionen des Gebäudes, breit wie ein Sessel war, und merkte, wie er inmitten der sich füllenden Kirche in immer größere Abgeschiedenheit geriet. Ein Mann in dunkler Hose und Pullover wischte mit einem Lappen über das Pult, das seitlich im Chorraum stand, und putzte ungestört weiter, als ein Priester zu ihm trat. Die beiden wechselten ein paar unhörbare, aber wohl eher freundliche Worte, denn ein Lächeln trat auf die Züge des Putzenden. Dann drehte sich der Priester um, im Weggehen machte er vor dem Altar halt und bekreuzigte sich mit beiläufiger Ehrerbietigkeit, als grüße er seinen greisen Vater, der die ganze Zeit über in einer Ecke der Wohnstube gesessen hatte, bevor er, eine Absperrung öffnend und hinter sich wieder schließend, vom Chorraum herabstieg.

Sperber schaute auf die hohe, in ein schwarzes Kapuzengewand gehüllte Gestalt und dann, als der Mann sich ihm näherte, in sein Gesicht, und ein Dutzend maßvolle Schritte lang blieben ihre Blicke ineinander versunken. Stille kehrte ein in Sperbers Gemüt. Das Gesicht des Priesters war auf furchterregende Weise zerschunden. Sperber sah es und sah es doch nicht, denn seine Seele entbrannte und gefror, als wäre ein Großmächtiger, ein Allgegenwärtiger, Alles-in-sich-Vereinender in den Raum getreten. Für die Dauer weniger Menschenschritte umschlossen die mächtigen Mauern der Kathedrale die Welt und den winzigen, warmen Punkt darin, den Sperber selbst darstellte und der lebendiger war denn je in jenen Augenblicken und dabei dem Tod so nah wie ein Meteor vor dem Moment seines Verglühens.

Erst jetzt, da der Priester an ihm vorüber war, vernahm Sperber wieder das lärmende Gemurmel der Kirchenbesucher und den getragenen Lautsprechergesang, und es kam ihm zu Bewusstsein, dass die linke Wange des Priesters und das Auge darüber wie nach den unausgesetzten Faustschlägen einer Mörderbande blutblau angeschwollen gewesen waren. Sein Blick aber war unversehrt, war über alle Maßen sanft und milde und dabei streng und fragend gewesen.

Betäubt und aufgerüttelt saß Sperber auf seinem Stuhl. Ein junges Mädchen lachte verhalten, kleine Blitze flackerten durch das Zwielicht. In der zweiten Reihe saß ein älterer Mann so weit nach vorne gebeugt, dass er kopflos schien; bloß ein Büschel grauen Haares ragte zwischen den eckigen Schultern hervor.

Sperber kniete vor seinem Stuhl auf dem Steinboden nieder. Durch seinen benommenen Kopf zog die Melodie eines Gebets: Beschütze die neun zarten Finger, die warmen, wunderweichen Brüste, die helle Rundung ihrer Stirn, beschütze ihre Wege, ihren Atem und, wer immer du seist, ihr Augenlicht.

Er öffnete die Augen und sagte mit hörbarer Stimme, aber ohne dass im lauten Hall der vielen Schritte und Flüstertöne jemand seine Worte vernommen hätte: Hier hast du mein Leben.

Als er aus der Kirche trat, war die Sonne wieder hinter weißen Wolken hervorgetreten. Das öffentliche Krankenhaus kehrte dem vielbesuchten Platz seine einzig vorzeigbare, nicht heruntergekommene Seite zu. Wo, in welchem dieser vielen aschgrauen

Räume mochte sich Luchs aufhalten? Sperber hatte das Gefühl, dringend ihrer Nähe zu bedürfen.

Er ging auf das nur wenige Schritte entfernte Tor zu und trat nach kurzem Zögern ein. Er wollte nicht am Empfang nach ihr fragen, wollte sie nicht stören, nur einen Blick auf die ihr vertraute Umgebung werfen. Auf den die Wände säumenden Stühlen saßen, in Jogginghosen oder im Morgenmantel, ein paar vor sich hin blickende, auf Abwechslung, Heilung oder Tod wartende Patienten.

Sperber trat auf die Glaswand zu, die dem Eingang gegenüberlag und den Blick freigab auf einen rechteckigen, schön proportionierten, von zweistöckigen Bogengängen umgrenzten Innenhof, der aus einer anderen Epoche oder Welt als die nach außen gekehrte Seite des Gebäudes schien. Die Buchsbaumhecken, die darin wuchsen, waren zu schnörkeligen Spiralen gestutzt. In der Mitte führten Stufen zu einem querliegenden Säulengang, der die zwei langen Gebäudeteile miteinander verband.

Von der Eingangshalle des Hospitals aus gesehen, wo Sperber sich befand, wirkte die ganze Szenerie wie eine täuschend echte Fototapete, unbelebt und kulissenhaft schön. Dann aber traten in einiger Entfernung von links zwei in weiße Kittel gekleidete Personen ins Bild und in den Quergang, und in einer von ihnen erkannte Sperber Luchs. Sie war in Begleitung eines hochgewachsenen, weißhaarigen Mannes, vermutlich eines Arztes. Sobald sie das Freie erreicht hatten, zündeten sich die beiden eine Zigarette an. Dann begannen sie, redend hin- und herzugehen, immer hin und her auf dem schmalen, nur zwischen den jeweils äußersten Säulen von einer Brüstung geschützten, im ganzen Mittelteil aber offenliegenden Gang, der Sperber wie eine prächtige, eigens für diese Vorführung angelegte Bühne vorkam. Sie schienen ein ernstes, all ihre Aufmerksamkeit forderndes Gespräch zu führen. Kein einziges Mal sah Luchs zur Eingangshalle hin.

Sperbers Augen, die lange einen Blick von ihr zu erhaschen versuchten, glitten zu ihrem Begleiter, den sie bisher nur schemenhaft wahrgenommen hatte. Vom angestrengten Schauen begannen seine Augen zu tränen, und er kniff sie kurz zusammen. Er war sich nicht sicher. Aber konnte es sein, dass der Mann, der da rauchend auf- und abging, derselbe war, der in der Kathedrale auf ihn zugekommen war? Der Priester mit dem zerschundenen Gesicht? Nein, es konnte nicht sein. Und doch schien es Sperber so. Mit brennenden Augen starrte er hinüber zu dem Säulengang. Das weiße Haar. Die hohe, knöcherne Gestalt. Auf der linken Wange glaubte Sperber einen blutunterlaufenen Schatten zu sehen, aber das konnte auch an den harmlosstarken Kontrasten dieses letzten, verspäteten Sommertages liegen.

Er konnte es nicht mit Sicherheit sagen. Die beiden verschwanden nach einer Weile wieder im Inneren des Gebäudes und ließen Sperber wie nach einer rätselhaften, stummen Theateraufführung vor leerer Bühne zurück. Die weiße Gestalt und die schwarze überlagerten sich in seinem Geist und trennten sich wieder.

Er ging in den Tag hinein.

11

Das Kind war tot. Das Mädchen, das Luchs an jenem Morgen in den Händen hielt, hatte schon seit dem Vortag tot im Bauch seiner Mutter wie in einem lebendigen Grab gelegen. Als sie es in Empfang nahm, war es rot vom Blut der Mutter und noch warm von ihrer Wärme, doch im Inneren schon leblos und kalt. Sie wusch es und legte es in einem reinen Tuch der Mutter in den Arm, wie sie es mit einem lebendigen Neugeborenen getan hätte. Grau war sein Gesicht, unerreichbar fern.

Der Mutter schauderte bei dem Gedanken, eine Leiche beherbergt zu haben, und diese Leiche war ihr Kind, und sie drückte es an sich. Der Vater stand vor dem Bett und weinte. Später erhob sich die Frau und fuhr mit Luchs, die das tote Kind trug, im Aufzug hinunter ins Kühlhaus. Im Untergeschoss übergaben sie es den Leichenärzten. Der Lift beförderte sie wieder zu den Lebenden, die sich an ihre Infusionsstangen klammerten und gierig den Sauerstoff aus Schläuchen saugten.

Oben brummte und klopfte und schrie das Krankenhaus vor Lebenswut. Um jeden Preis sollte das Leben weitergehen. Dem Kind war es gelungen, von einer Abwesenheit in die andere, von dem Nicht-auf-der-Welt-Sein direkt in das Nichts des Todes zu gelangen. Die Etappen Leben und Krankheit hatte es einfach übersprungen.

Luchs saß allein am Ende eines langen Ganges. Der Tod war noch ganz nah, er war mitten im Leben, und ihr schlug das Herz gegen die Brust mit mächtigen Stößen. Sie wollte Sperbers Stimme hören, zog den sofortigen Stimmenüberbringer aus der Kitteltasche und wählte Sperbers Nummer, aber vermutlich war der Klingelton oder Grillengesang stillgestellt, oder er verlor sich im unablässigen Hup- und Anfahr- und Presslufthammerkonzert der Stadt. Niemand antwortete.

Die weiße Silhouette des Oberarztes leuchtete am anderen Ende des Ganges auf, doch kam sie in Luchs' Bewusstsein nicht an. Sie hätte aufstehen und ihrer Arbeit nachgehen müssen, aber der Tod saß auf ihrem Schoß und ließ sie nicht ziehen. Sie sah das unaufhörliche Sterben und Geborenwerden vor sich, an dem sie teilhatte, sah den zähen Kampf, der jeden Tag aufs Neue zwischen den Wänden dieses Gebäudes, in jedem einzelnen seiner Zimmer ausgetragen wurde, und alsdann weitete sich ihr Blick und schweifte über die bis in die unwirtlichsten Winkel bevölkerten Kontinente, und überall waren die Menschen ins Leben geworfen wie Katzen in einen Brunnen; solange ihre Kraft reichte, strampelten sie sich ab und blieben an der Oberfläche, dann sanken sie auf den Grund. Sie sah, wie die Zappelnden aller Länder, Gesinnungen und Hautfarben sich aneinander festhalten wollten, wie sie sich ineinanderkrallten und zu zweit noch schwerer wurden, zappelnd die Zeit vergessen wollten, sanken.

Das alles mochte ein paar Pulsschläge lang gedauert haben. Sie sah, dass der Oberarzt ihr vom anderen Ende des Ganges zuwinkte. Sie ging mit ihm eine Zigarette rauchen.

Aus der Rue de la Tombe-Issoire, die er schon längst verlassen hatte, gelangte schließlich doch noch Sperbers Stimme an ihr Ohr. Als ihr Arbeitstag zu Ende war und sie vor der Krankenhauspforte das Telefon wieder anknipste, fand sie die Schwingungen seiner Stimme darin aufbewahrt.

Er sagte: Meine Apfelblüte, und um ihn her heulte der Verkehr.

Mein goldenes Dreieck, mein Findling, und eine Sirene gellte in seine Aufzählung hinein.

Hier unter dieser Straße, gleich unter meinen Füßen, soll ein geköpfter Riese begraben liegen, sagte Sperber, und zwei Mopeds knatterten dicht hintereinander über seine Stimme hinweg. Das habe ich gerade auf einem Schild gelesen.

Ich wollte dir sagen, sagte er, und der Wind pfiff durch seine Worte hindurch. Ich habe neue Augen, und die habe ich von dir.

Ich habe etwas erlebt, sagte er, aber das erzähle ich dir heute Abend. Ich habe einen Menschen gerettet, der wie wild auf sein Telefon eintippte und darüber fast in einen Bus gelaufen wäre. Ich habe jetzt Retteraugen! Und die habe ich von dir.

Meine Goldammer, mein Aufwind, meine Federwolke, flüsterte er in einen kurzen Moment der Stille hinein. Ich lege meinen Kopf in deinen Schoß. À tout de suite!

Die Stimmen zweier Passantinnen kreuzten sich über seinen letzten Flüsterworten und deckten sie mit den abgerissenen Fetzen einer Unterhaltung zu. »Warnanlage« war zu hören. Und: »Er ist taub wie ein Topf.«

À tout de suite!, sagte Sperber noch einmal etwas lauter. Dann hatte Luchs nur noch die Stille der unterbrochenen Verbindung im Ohr, doch die Verbindung war nicht unterbrochen, sondern stärker denn je, und sie dauerte noch an, als Luchs am Marché aux fleurs vorüberging und über den Flussarm, sie bestand weiter, als sie auf der Brücke dem alten Mann zulächelte, der ihr entgegenkam, einen Stock in der Hand und um den dünnen, faltigen Hals einen zu großen Hemdkragen und eine sorgfältig gebundene, ziegelrote Krawatte, sie dauerte fort, als sie vor ihm stehen blieb, da er seinen Hut gelupft hatte und sie mit »Bonsoir, Mademoiselle« ansprach.

Pardon, sagte er, ich will Sie nicht aufhalten. Ich bin alt. Das soll nur heißen: Ich habe schon viele Menschen gesehen in meinem Leben, Alte und Junge, Männer und Kinder und Frauen. Aber Sie! Wie ein in die Stadt verirrter Stern, wie ein strahlender, in ein hübsches rotes Kleid gehüllter Himmelskörper sind Sie mir erschienen, als Sie mir da entgegenkamen. Wie die Liebe selbst, wenn sie auf dem Weg ist zum Bäcker oder zur Post, um einen Brief aufzugeben. Sie sind schön!

Luchs lächelte ihn an.

Au revoir, Mademoiselle.

Au revoir, Monsieur.

Sie drückte dem alten Mann die Hand und küsste ihn auf beide Wangen, bevor sie über das bewegte Wasser zur Bushaltestelle ging. Und die ganze Zeit über, auch noch als sie schon längst in den Bus gestiegen war, der diesmal unverzüglich kam, hielt die Verbindung an.

Festgeklammert an Schlaufen und Stangen, standen die Menschen aneinandergedrängt im Gang, und jede Bewegung des Busses, jede Kurve, jedes

Bremsen schob sie allesamt in diese oder jene Richtung, immerzu auf der Kippe, wie Dominosteine. Der Busfahrer forderte sie an jeder Haltestelle mit lauter Stimme auf, sich in der hinteren Hälfte des Ganges zu verteilen, aber dort stand man auch schon dicht an dicht. Manchen gelang es, der ruckenden, schaukelnden Enge zum Trotz in einer zweifach gefalteten Zeitung zu lesen.

Im vorderen Busdrittel eingekeilt, hielt sich Luchs mit einer Hand an der Rückenlehne eines Sitzes fest, mit der anderen versuchte sie, den Strauß gelb-violetter Rosen zu retten, den ihr am Vormittag eine Mutter überlassen hatte. (Es kam häufig vor, dass die Frauen, wenn sie mit ihren Säuglingen entlassen wurden, einen Teil der Blumen verschenkten, die man ihnen mitgebracht hatte, und Luchs hatte auf diese Weise fast immer welche zu Hause.) Sie spürte den Druck der umstehenden Leiber, die Einkaufstüte des einen an ihrem Schenkel, die Aktentasche eines anderen an ihrem Ellbogen. Fremde Arme und Bäuche pressten sich jedesmal, wenn der Bus anfuhr, gegen sie.

Zwischen den Köpfen zweier Frauen hindurch schaute sie selbstvergessen in die Dämmerung und auf die darin vorüberruckenden Fassaden und achtete nicht auf die Reibung, die sie in ihrem Rücken fühlte, oder glaubte sie durch das Vorwärtsstottern des Busses bedingt. Doch der harte Gegenstand, der

186

sich von hinten an ihre rechte Flanke drängte, tat dies losgelöst von den Schüben und Schwankungen des Busses, in einem eigenen, widerlich lüsternen Rhythmus, und als ihr das mit einem Schlag zu Bewusstsein kam und sie wusste, was hinter ihr vor sich ging, überkam sie ein Ekel, ein Brechreiz, ein Hass, für den keine Luft war in dem Bus. Sie versuchte, sich so weit wie möglich wegzudrehen und den Keil ihres Ellenbogens zwischen sich und den Mann hinter ihr zu rammen, doch konnte sie sich kaum rühren zwischen den Passagieren, und jeden Zentimeter Zwischenraum, den sie gewann, füllte der Hintermann unbemerkt wieder an. Hartnäckig schob er sich an sie heran.

Schließlich, sich, so gut es in der Enge ging, zu ihm umdrehend, stieß sie ein paar wütende Silben aus, sie wusste selbst nicht, was sie sagte, etwas wie »Hör auf, du Schwein!« oder »Lass mich in Ruhe«. Die Umstehenden blickten sie an und daraufhin einander ins Gesicht und fragten sich, an wen sich dieser Ausbruch gerichtet hatte. Auch der Gemeinte blickte fragend und unbeteiligt in die Runde. In den Augenwinkeln hatte Luchs beim Umschauen das Gesicht des Mannes erkannt oder -erahnt, der ihr am Vorabend in demselben Bus hinter der Heckscheibe seine zwischen Mittel- und Zeigefinger geklemmte Daumenspitze gezeigt hatte.

Die Fahrt ging weiter, einige Passagiere stiegen aus. Luchs hatte einen Platz gefunden und tippte einen Luftbrief in ihren Apparat: Ich trage Dich in meinen Augen und Ohren, in meinen neun Fingerspitzen und sogar in der zehnten, fehlenden, in meinen Kniekehlen, in meinen Lungenflügeln, in meinen Herzkammern und Schenkeln. Gleich bin ich da.

Unhörbar flog die Botschaft auf und davon.

Als Luchs ausstieg, war es noch hell.

Und der Himmel erlosch nicht mit einem Streich, die Schwalben hörten nicht auf, durch die laue Luft zu tanzen, die Erde fiel nicht aus ihrer Bahn, und die Glocken der vielen Kirchen der Stadt blieben stumm, als Luchs in der Rue Scribe von dem Hintermann, der an derselben Haltestelle ausgestiegen war, bis kurz vor ihre Haustür verfolgt und in die Enge getrieben wurde. Kam es nicht alle Tage vor, dass Mann und Frau sich lauthals auf der Straße bekriegten? Es schaute niemand hin, als sie ihn von sich stieß und geschwind, aber ohne zu rennen, weitergehen wollte, es hörte niemand, was er ihr sagte oder zuzischte in der Dämmerstunde, zwischen zwei auf halber Flamme brennenden Laternen.

Niemand sah hin, niemand, auch wir nicht, griff ein.

Als der erste Passant herbeitrat und wir die Augen wieder öffneten, war der Hintermann außer Sicht.

Luchs lag am Boden. Das dunkle Gold ihres Haares umgab, zu einem wirren Stern zerronnen, ihren Kopf. Rings um sie her verstreut lagen, wie vom Himmel gefallen, die zweifarbigen Rosen. Sie atmete nicht mehr.

Und es war, als wäre noch nie jemand auf dieser Welt gestorben, als wäre der Tod dieses Menschen auf offener Straße das erste, das größte Unheil, das geschah auf Erden.

Bald war ihr toter Leib von einem Dutzend Menschen umringt. Nun, da sie keine mehr benötigte, wurde innerhalb kürzester Zeit Hilfe gerufen. Doch die Helfer brauchten lange, bis sie sich durch den Feierabendverkehr bis zu ihr hingejault hatten. Genug Zeit für Sperber, um zuvor seinerseits die Straße herunterzukommen.

Er war keiner, den Unfallstätten anzogen und der unwillkürlich auf jede Menschenansammlung zusteuerte. Auch wäre er sicherlich an den Stehenden vorbeigegangen, wenn er nicht durch die Beine der Neugierigen hindurch auf dem Asphalt des Gehsteigs einen Zacken des Haarsterns hätte aufleuchten sehen.

Wieder wollen wir wegschauen, aber es nützt nichts: Auch mit geschlossenen Augen sehen wir Sperber die Schaulustigen zur Seite schieben und neben der geliebten Frau auf dem Boden knien. Er hebt ihre leichte, noch nicht erkaltete Hand, sieht ihr ins Gesicht. Sie ist noch dieselbe, blass, zart, mit demselben traurig-verschmitzten Glanz in den Augen. Der Tod ist schon in ihr, aber er versteckt sich noch. Bald wird er zum Vorschein kommen und sie, die ihn beherbergt, mehr und mehr verdrängen, bis nur noch er allein, der Schmarotzer, der Vielfraß, da sein wird.

Aber diesen Moment wartet Sperber nicht ab. Er kniet und vernimmt nicht, was die Leute reden, hört nicht die ältere Dame, die den Vorgang von ihrem Fenster aus verfolgt haben will, den Umstehenden erzählen, wie die blonde Frau einen aufdringlichen Menschen habe loswerden wollen und bei dem Versuch, rasch die Straßenseite zu wechseln, ausgerutscht und gefallen sei, einfach unglücklich gefallen, sagt sie, mit dem Nacken auf die Kante einer Metallabsperrung, und sich danach nicht mehr gerührt habe. Sie sei nicht gestoßen worden, nein, da war sie sich sicher. Der sie belästigt habe, habe ihr noch aufhelfen wollen und sei dann aber bald, wie um Hilfe zu holen, verschwunden.

Stumm und taub erhebt sich Sperber und geht blindlings davon. Er geht durch dröhnende Schluchten, durch ein schwarzes, unruhiges, hallendes Land. Er denkt nicht darüber nach, wie das hatte geschehen können, er fragt sich nicht, was weiter geschehen wird. Vergangenheit und Zukunft sind ihm in gleich weite Ferne gerückt; er ist ganz und gar gefangen im

Bruchteil einer Ewigkeitssekunde, als würde ihm in diesem Augenblick ein Bein abgesägt. Er geht und geht. Gewohnt, die Irren schon aus der Ferne zu sichten und einen Bogen um sie zu machen, weichen die Stadtmenschen ihm aus. Sie erkennen ihn an seinem schlafwandlerisch tappenden Schritt, an dem wilden Stieren seiner aufgerissenen Augen, die auf einen außerhalb ihres Blickfelds, außerhalb jedes menschlichen Blickfelds liegenden Gegenstand gerichtet sind.

Auf seinem Weg durch die lärmende Ödnis folgen wir ihm, aber wir wagen es nicht, das Bollwerk des Schmerzes, das ihn umgibt, zu durchbrechen und ihm eine Hand auf die Schulter zu legen, ihn aus seiner Erstarrung zu lösen, ihn zu umarmen. Unter den vielen Menschen in der großen Stadt ist niemand, der ihm Trost spenden würde. Und er hat heute noch nicht einmal einen Gedichtband in der Tasche, an den er sich wenden könnte. So ziehen wir schließlich einen aus der unseren und holen einen Dichter zu Hilfe, dass er den Unglücklichen besänftige. Sprich du zu ihm, Dichter, sprich zu ihm aus der Stille deiner Finsternis, Verlaine:

Ein tiefer schwarzer Schlaf
Fällt auf mein Leben:
Alle Hoffnungen, schlaft.
Alle Gelüste, schlaft.

Kann nichts mehr sehen,
Kann nicht des Bösen noch
Des Guten mich entsinnen.
Ist ein trauriges Singen.

Ich bin eine Wiege die
Am Grund einer Gruft
Eine Hand sanft schaukelt:
Still, still! steht die Luft.

1

Er lachte. Lag auf dem Rücken im Schnee, ein Einzelner, ein schwarzer Fleck Mensch auf dem weiten, zugeschneiten Strand, und lachte, und dieses Lachen war ein Weinen, es tat ihm weh.

Eine lange Ohnmacht hatte den Herbst verschlungen, und beim Aufwachen war es Winter geworden.

Halt! Stopp! Aufhören!, rief Sperber, und das wehe Lachen saß ihm weiter im Rachen. Wer zieht mir immerzu die Bettdecke weg? Lasst mich schlafen.

Er griff himmelwärts, wollte sich die fliehende Wolkendecke schnappen, griff in die eisige Leere. Drehte sich zur Seite.

Wenigstens ein frisches Laken gönnen sie einem, raunte er und sah die anflutende Welle ein Stück davon abbeißen. Er schnappte zurück mit den Zähnen, Ober- und Unterkiefer klappten dumpf aufeinander. Noch immer lag das Lachen als schweres Geröll in seinem Rachen, das er hätte hinunterschlucken oder ausspucken wollen.

Er drehte sich auf den Rücken zurück, wollte die Augen in den Himmel bohren und ihn festhalten, aber sein Blick wurde immer wieder fortgezogen.

Mit ausgestreckten Beinen ruderte er langsam durch die Luft. War es vielleicht ganz einfach? Brauchte er womöglich nur die Füße auf die Wolkenschicht zu setzen, und er würde darauf fortgehen können oder wie auf einem Fließband davongetragen werden in das andere Land? Dorthin, wo die Toten lebten? Wo die Toten tot waren? Wo sie sich aufhielten, weilten, verharrten? Er wollte zu ihnen, wollte sie sehen. Er wollte die geliebte Frau finden, sie ins Leben zurückzuholen.

Schnee rutschte ihm in den Kragen und über die erkaltete Rückenhaut, als er sich endlich aufrichtete und parallel zu den Spuren, die er auf dem Hinweg hinterlassen hatte, auf dem festen Boden der Lebenden in den Ort zurückzulaufen begann. Mit dem Rausch zog sich alle Wärme aus seinem Körper zurück. Kalt war ihm, erbärmlich kalt.

Er betrachtete den eigenen Irrsinn, wie er seine rechte Hand betrachtet hätte. Brauchte er denn diese Hand? Konnte er sie nicht genauso gut entbehren und für eine Weile in der Jackentasche lassen? Er wollte sich nicht länger seinen Täuschungen und Hirngespinsten hingeben und kopfunter durch den Himmel marschieren. Was ihn umtrieb, war kein

Wahn, war nicht der faule, folgenlose Wunschtraum eines Trauernden. Er war entschlossen, die geliebte Frau den Toten zu entreißen, und dazu brauchte er einen klaren, nicht jeder erstbesten Schimäre anheimfallenden oder von Alkohol durchweichten Kopf. War er nicht bereit gewesen, mit dem Teufel zu kämpfen? Wer stand zwischen den Toten und den Lebenden und hinderte sie daran, zueinander zu finden? Nein. Er nahm diesen Tod nicht hin.

Er streckte die rechte Hand von sich und betrachtete sie. Diese Hand hatte über Luchs' Rücken gestrichen und über ihre Brust, hatte sich auf ihre Wangen, auf ihr Geschlecht, auf ihre schmetterlingsgleich flatternden Lider gelegt. Sie war eine letzte greifbare und greiffähige Verbindung zwischen ihr und ihm. Jene rote, hagere Hand, auf der sich bläulich das Adergeflecht abzeichnete wie in einem Anatomie-Lehrbuch, seine eigene dumme Hand war alles, was ihm von ihr blieb.

Er stand im Wind. Einer neuen, helleren Sandschicht gleich bedeckte der Schnee den Strand, und die Wassermassen schmiegten sich dunkler denn je an die Erdkugel, wölbten sich über den Horizont hinaus bis zum nächsten Kontinent.

Auf dem Rückweg begegnete Sperber André, dem Laien-Psychoanalytiker und ehemaligen Brotausfahrer, der wie jeden Tag hinaus zum Leuchtturm ging.

Mit einem Kopfnicken wollte Sperber an ihm vor-
überziehen; seit er wieder an die Küste zurückgekehrt war, hatte er kaum je den Mund aufgetan. Doch
André richtete das Wort an ihn, nahm ihn sogar am
Ärmel, als der andere keine Anstalten machte stehen
zu bleiben.

Ça va?, sagte er, was ist mit dir?, und vereinzelte
winzige Schneeflocken umtanzten sein schönes,
grüblerisches Gesicht mit der tiefen Kerbe zwischen
den Augen. Du läufst jetzt immer herum, als gäbe es
nichts als dich und deine Einsamkeit auf der Welt.
Mich gibt es aber auch noch, wollte ich dir nur
sagen, ich bin ein lebendiger Mensch, dem es ganz
angenehm ist, wenn man das auch merkt und ihm
zum Beispiel Guten Tag sagt.

Sperber schaute ihn an und antwortete nicht, doch
mit einem äußerst sensiblen Messgerät hätte man
womöglich ein leichtes Anheben seiner ohnehin
aufwärts zeigenden Mundwinkel feststellen können.

He, sagte André, ohne seinen Ärmel loszulassen.
Aufwachen. Hat es mit der Frau zu tun? Wo ist sie?
Hat sie dich nicht gewollt?

Der Blick, den Sperber aus seinen schneegrauen
Augen auf ihn richtete, nahm ihn nicht wahr, prallte
ab an einer unsichtbaren Wand, aber seine Lippen
öffneten sich, und es fielen die drei kurzen Worte
hinaus, die ihm auf der Zungenspitze lagen:

Sie ist tot.

André ließ ihn los. Sie standen nebeneinander und sahen auf die rauhe, undurchsichtige, ewig lebendige, ewig neue Falten werfende Wasserhaut.

Tot, sagte André. Was heißt schon tot. Der Tod ist Glaubenssache, und einen Atemzug lang sah es so aus, als würde Sperber, aus seiner Betäubung gerissen, ihn stehen lassen oder auf ihn einschlagen, aber André merkte es nicht und redete weiter:

Wenn du sie tot glaubst, ist sie es auch. Aber weißt du denn überhaupt, was das ist, Tot-Sein? Woher sollen wir Lebenden das wissen? Wir können es erst wissen, wenn wir selbst so weit sind. Bis dahin ist Tot-Sein das, was wir uns darunter vorstellen.

Sperbers Gesicht hatte einen feindlichen, mürrischen Ausdruck angenommen, doch sah er weiter aufs Wasser und rührte sich nicht. Ohne ihn anzusehen, fuhr André fort:

Schau, du weißt doch, dass ich nie rausgekommen bin aus dieser Gegend. Noch nicht einmal bis Rennes hab ich's geschafft! Nicht einmal auf die Insel, die doch an den meisten Tagen in Sichtweite ist, habe ich übersetzen wollen.

Er stockte kurz.

Als ich fünfundzwanzig war und meine Mutter gestorben ist, habe ich mir vorgestellt, sie sei an einem fernen Ort. Nicht im Himmel, wie man es den Kindern erzählt. Es genügte schon, sie mir in Paris oder Marseille vorzustellen.

Und wie hast du dir erklärt, dass sie dich nie anrief, dir nie schrieb?, fragte Sperber, und es lag weniger Spott als Staunen über den lange nicht mehr gehörten Klang der eigenen Stimme in seiner Frage.

Es gibt viele mögliche Erklärungen, warum einer sich nicht meldet. Keine Zeit! André lachte auf. Ich stellte mir zum Beispiel vor, sie sei durcheinander, verwirrt. Es gibt viele Menschen, die spurlos verschwinden. Und der erste Grund dafür ist: weil sie es wollen!

Warum hätte deine Mutter spurlos verschwinden wollen?, fragte Sperber.

Warum nehmen sich Menschen das Leben?, entgegnete André. Das Sich-in-Luft-Auflösen ist eine Form des Selbstmords.

Hat sich denn deine Mutter umgebracht?

Nein.

Hör zu, sagte Sperber, und er hatte jetzt fast seine alte Stimme wiedergefunden. Die Frau, von der du vorhin gesprochen hast, ist tot. Sie hat vor mir tot auf der Straße gelegen.

War sie schon lange tot?

Nein, sie war kurz zuvor gestorben.

Warst du bei ihrer Beerdigung?

Nein. Ich habe sie tot auf der Straße gefunden, dann bin ich weggegangen.

Und du bist dir sicher, dass ihr Herz nicht mehr schlug?

Ja.

In Sperbers Kehle bebte jetzt Wut.

Woran ist sie gestorben?, fragte André unbeirrt weiter.

Ich weiß es nicht.

Hast du es nicht wissen wollen?

Sperber zwang sich sichtlich, ruhig zu bleiben: Jetzt würde ich es wissen wollen. Als es geschehen ist, habe ich nur gesehen und mit Händen gefühlt: Sie ist tot.

Dann hast du es besonders leicht, dir vorzustellen, sie sei fern. Du musst dir den Tod denken als eine Form der Entfernung unter vielen, als einen besonderen, äußersten Grad der Ferne. Etwa wie eine lange Reise in einem Tiefseeboot oder in einem Raumschiff, das sich immer weiter von der Erde löst, bis es unser Sonnensystem und irgendwann auch unsere Galaxie verlassen hat. Oder stell dir einfach eine Art Ostblock vor, ein gut bewachtes, von einem eisernen Vorhang abgeschlossenes Gebiet, aus dem nie jemand herausgelassen wird.

In den Ostblock konnte man immerhin einreisen, sagte Sperber trocken.

Einreisen kannst du auch in dieses Land jederzeit. Aber im Unterschied zum Ostblock gibt es dort keinen Tourismus, sondern nur die endgültige Immigration.

Du meinst es gut, sagte Sperber, schon halb abgewandt. Aber solche lächerlichen Tricks funktionieren bei mir nicht. Glaubst du wirklich, ich wüsste nicht, was Tot-Sein bedeutet? Wie ein verfaulter, von Ungeziefer zerfressener Leichnam aussieht? Glaubst du, ich bräuchte mir nur irgendetwas anderes darunter vorzustellen, als es ist, um die Sache ungeschehen zu machen? Bei einem Kind könnte das vielleicht wirken oder bei einem Irren. Womöglich auch noch bei einem ein paar Jahrhunderte früher Geborenen. Bei mir nicht.

Die rechte, halb erfrorene Hand an die Brust gedrückt, ging er fort. Der plötzliche Zusammenstoß mit den fixen Ideen des sanftmütigen André, mit dessen der Psychoanalyse oder sonstwo entlehnten und inbrünstig von ihm weitergesponnenen Gedanken oder Wirrungen hatte seinen eigenen Wahn vorläufig verscheucht; er war wieder bei Sinnen.

Schnellen Schrittes näherte er sich dem Ortseingang. Jetzt, da alles ganz klar und offensichtlich war, da der Irrsinn, der ihn vorhin am Strand noch mit seinem Flügel gestreift hatte, sich zurückgezogen hatte, gab es nichts mehr als die Endgültigkeit des Todes, die für immer von ihm abgespaltene Geliebte; die wunde Leere einer noch kaum erträumten und schon verlorenen Zukunft machte ihn für alles andere fühllos und blind.

Ohne auch nur Brot oder sonst etwas Essbares zu kaufen, stieg er geradewegs in sein Zimmer hinauf, nahm vier Schlaftabletten und legte sich hin. Allmählich löste sich der Krampf in seiner Brust; die blaugefrorene Hand tat ihm weh, und der körperliche Schmerz, als das Blut wieder warm durch die Adern floss, erlöste ihn zwar nicht von dem anderen, aber er tat ihm gut. Über ihm ging der Nachbar mit schweren Schuhen durch den Raum, auch leichtere Schritte waren zu hören, ein Hüpfen von Kindern und das harte, helle Pochen eines Frauenschuhs, und dem wegdämmernden Sperber war es, als drängten von weither die Schritte der Toten an sein Ohr.

2

Als er aufwachte, war der Schnee getaut, der Schmerz aber war geblieben oder mit dem ersten Bewusstseinsschimmer wieder unverändert zur Stelle. Es war ein Nachmittag, Sperber wusste nicht, welcher. Vier Tabletten oder vielleicht auch sechs waren es gewesen, ein paar Tage mochte er geschlafen haben. Mit Mühe, als zöge er sie aus einem Morast, befreite er seine Glieder von der Last der Bettdecke, blieb auf der Bettkante sitzen und wartete.

Nichts hatte sich verändert. Nichts.

Beschwerlich stand er auf und ging auf wackeligen Beinen die paar Schritte bis zur Küche. Dort fand er ein Stück trockenes, zum Zähneausbeißen hartes Brot, das er in einem halbvoll stehen gebliebenen Glas Wein aufweichte und in kleinen Bissen hinunterschluckte. Im Haus war es still. Durch das Fenster drang das stumpfe Licht eines sonnenlosen Winternachmittags. Und in dieses verschwommene Grau, in diese spinnwebenfarbenen Winkel, in denen sich die Nacht schon eingerichtet hatte, in die tote, empfindungslose Stille des Nachmittags und in Sperbers noch halb betäubtes Gemüt fuhr der Schmerz mit der Gewalt eines Blitzes, mit dem schrillen Geheule einer Sirene.

In den letzten Wochen war Sperber der stetigen Wiederkehr zweier sich abwechselnder Zustände unterworfen gewesen: Das Bewusstsein des Verlustes trieb ihn in Wahnzustände, in denen er sich stark genug glaubte, über jedes Zu-Spät zu triumphieren, die Verlorene wieder zum Leben zu erwecken und sie (und sich) zu retten. In dieser Phase des größten Schmerzes war er tatsächlich bereit, sich auf den Weg in ein Reich der Toten zu begeben, wo immer ein solches liegen mochte. Doch auf diesen Anflug von Tatendrang war bisher unweigerlich eine Ernüchterung gefolgt, die kalte Erkenntnis, die er André entgegengeschleudert hatte, dass die Tote nicht irgendwo auf ihre Rettung wartete, sondern in der Erde verfaulte. Dann wieder stellte er sich vor, dass ihr Haar unter der Erde leuchtete wie ein vergrabener Schatz. Wie soll etwas leuchten, du Schwachkopf, worauf kein Lichtstrahl je fällt! Und auch wenn du den Schatz an die Sonne hieltest, er funkelte nicht mehr. Ihr Haar ist zu dieser Stunde so glanzlos und tot wie sie selbst.

So ging es seit Wochen ohne Erbarmen hin und

her. Zwischendurch spürte er Durst und einen appetitlosen Hunger. Wenn er nicht verhungern wollte, musste er etwas einkaufen. Er ging ins Zimmer zurück und setzte sich auf einen Stuhl, um erst mit dem einen Fuß, dann mit dem anderen in ein Hosenbein zu steigen. Nein, er wollte nicht verhungern; weg sein, schlafen, ja, aber nicht tot sein. Manchmal wähnte er, lebendig zu den Toten gelangen zu können, aber die weitverbreitete Vorstellung, man begegne nach dem Tod den Gestorbenen wieder, war ihm fremd.

Unten im Ort, in einer Welt, zu der er schon seit Wochen keinen Zugang mehr hatte oder suchte, war Weihnachten. War der 24. schon vorüber? Es dunkelte, und in den Schaufenstern und über den Straßen blinkten in ihrem stumpfsinnigen, immergleichen Rhythmus die grellen, hektischen Festtagslichter. Eine Kordel um die langen Hälse, einer Reihe Gehenkter gleich, baumelten in der Auslage des Metzgers Truthähne mit dem üppigen Gefieder eines Indianerschmucks, rotbäuchige Rebhühner und schuppenartig gescheckte Fasane von der Decke. Zwischen Faux-Filet und Lammkeule lag mit weit ausgebreiteten Flügeln, weiß und riesig wie ein toter Schwan, ein Kapaun.

Als jemand Sperber eine Hand auf den Rücken legte, sah er sich nicht um. Merkte er es überhaupt?

Er stierte auf das frische, blutige Fleisch, das mit goldenen Kugeln und Girlanden geschmückt war wie ein Weihnachtsbaum.

Ich gehe hin, sagte Sperber mit lauter, fester Stimme.

Wohin?, fragte hinter ihm Heather, die Engländerin.

Die blinkenden Lichter über der Straße entzündeten das rote Auge des Kapauns. Sperber drehte sich um.

Ich muss es versuchen, sagte er.

Er blickte sie an, und Heather fragte sich, wen oder was er wohl sah. Ein grauer Bart überwucherte Sperbers eingefallene Wangen, und seine hellen, fast weißen Augäpfel waren so unbeweglich wie die eines Blinden. Und wie einen Blinden, seinen Oberarm fassend, führte sie ihn zu sich nach Hause.

Sie gab ihm Reis zu essen und eine kleine gebratene Scholle, die sie für ihn wie für ein Kind zerteilt und von ihren Gräten befreit hatte. Dann schnitt sie ihm eine Ecke Schafskäse und ein Stück Brot ab und reichte ihm ein Glas Rotwein dazu. Er saß an ihrem Esstisch und aß Bissen für Bissen, den Blick vor sich auf ein Bild gerichtet, das für ihn allein sichtbar war. Nur einmal blickte er wie aus einem Traum heraus Heather an, und es schien, dass er sie sah.

Während er saß und speiste, sprangen, von Sperber unbemerkt und dennoch mehrfach von ihrer Mutter zu mehr Ruhe ermahnt, drei Kinder durch den Raum, von denen nur das jüngste, ein Mädchen, nicht das kupferfarbene Haar ihrer Mutter besaß. Es war in einem Alter, wo Lesen noch Entschlüsseln ist, und von jenem Blond, das mit der Kindheit vergeht und bei ihm auch schon im Erlöschen war.

Lass den Mann in Ruhe, sagte Heather sanft zu dem Mädchen, das auf seinen Zickzack-Wegen durch das Ess- und Wohnzimmer immer wieder vor Sperber stehen blieb und ihn lange anschaute, mit der gleichen unverhohlenen Neugier, mit der es durch das dicke Glas eines Aquariums einen Trauermantel-salmler oder eine Viergürtelbarbe betrachtet hätte. Das Mädchen wandte sich wieder seiner Sammlung ausgeschnittener Bilder zu oder sah aus dem Fenster, das auf die glitzernde Geschäftigkeit des Hauptplatzes und den Hafen hinausging, aber schon nach kurzer Zeit stand es wieder vor Sperber und schaute ihn an.

Als die Mutter eine Weile in der Küche verschwand und die Brüder mit ihren eigenen Spielen und Rangeleien beschäftigt waren, fasste das Kind Sperber am Ellbogen und schüttelte ihn erst sachte, dann heftiger, als wollte es ihn wachrütteln, und tatsächlich kam etwas wie Leben in den Weggetretenen, er schien eine gewaltige Strecke zurückzulegen, um in dieses fremde Wohnzimmer zu gelangen, die Reise dauerte lange, aber irgendwann war er angekommen und erblickte das Kind.

Zwar hatte er mit André ein paar Worte gewechselt vor Tagen, auch wohl beim Bäcker hin und wieder ein Brot verlangt, aber erst jetzt war es, nach all diesen Wochen, als sähe er zum ersten Mal wieder einen Menschen. Seit seiner Rückkehr hatte er neben einer Leere, in der ausschließlichen Gesellschaft einer Toten gelebt, und die Lebenden hatte es für ihn nicht mehr gegeben.

Das Kind sagte nichts und lächelte nicht. Es sah ihn an.

Er legte eine fast schwerelose Hand auf den Kopf des Mädchens und spürte darunter sein unendlich feines, warmes, noch flaumig weiches Haar, und Sperber begann zu weinen, begann jählings laut zu schluchzen, die Tränen fielen in großen, silbrigen Tropfen auf sein wollenes Hemd und blieben, bevor sie versickerten, in dessen Falten eine Zeitlang hängen.

Heather war aus der Küche gekommen und mit hängenden Armen vor den beiden stehen geblieben, und auch die zwei Jungen hatten in ihren Spielen innegehalten. Während Sperbers Oberkörper von Schluchzern geschüttelt wurde, blieb seine Hand weiterhin, ohne darauf zu lasten, auf dem Schopf des Kindes liegen, und das Kind rührte sich nicht. Die Erschütterungen seines Leibes waren am Ende seines langen Armes fast verebbt, und was in Sperbers Hand davon ankam, war etwas wie eine Liebkosung.

Lange flossen seine Tränen, und als sie endlich versiegt waren, zog Sperber seine Hand zurück. Mit den Hemdsärmeln wischte er sich die Augen trocken und lächelte das Kind an, und das Kind lächelte wie nach einem gelungenen Streich etwas schelmisch zurück. Bald danach stand Sperber auf und ging. Doch ging er nicht, wie er gekommen war, als Abwesender oder Weggetretener, sondern er fasste Heathers Hand und dankte ihr, reichte auch jedem der drei Kinder die Hand und fragte sie nach ihren Namen, so dass sein Aufbruch mehr einer Begrüßung glich als einem Abschiednehmen.

3

Nach jenem Abend in Heathers Wohnstube wurden
Sperbers Wahnzustände seltener. Oder hatte der Wahn
unmerklich auch seine klaren Momente ergriffen
und vollends seinen Verstand befallen? Nur hin und
wieder hing er noch fiebrigen Trugbildern nach.
Stattdessen überlegte er immer öfter klaren Sinnes,
und so dinglich, als ginge es darum, in irgendein
Amerika oder Sibirien oder in den Keller der Nachbarn zu gelangen, wo der Eingang zur Totenwelt lag
und wie er am besten zu erreichen war. Diese Suche,
und das lange, einsame Nachdenken, das damit verbunden war, retteten ihn – vor dem Alkohol gewiss,
vor dem Selbstmord vielleicht.

Gestern nachmittag hast du etwas versäumt, sagte
André, als er ihm in den ersten Tagen des neuen Jahres auf der Mole begegnete.

Ich hatte genug von dem ewigen Regen, sagte
Sperber. Schon am Vormittag war ich zweimal bis auf
die Knochen durchgeweicht. Nach dem Mittagessen

bin ich dann nicht mehr vor die Tür gegangen. Was war denn?

Was war? Die Sonne ist spät noch einmal herausgekommen, und es hat von hier bis dort – André zeigte von einem Ende des Horizonts zum anderen – ein Regenbogen, nicht ein Streifen, sondern ein intakter, den halben Erdkreis umfassender Regenbogen am Himmel gestanden.

Wir werden noch andere Regenbogen sehen, sagte Sperber.

Das hoffe ich, sagte André. Ich wünsche es dir.

Ich dir auch.

Nach diesem gegenseiten Regenbogenwünschen, das wohl ihre Art des Neujahrsgrußes war, schieden sie voneinander, und Sperber stieg die steinernen Stufen hinunter zum Strand. Deutlich, als hätte der leuchtende Bogen aus Luft sich nicht schon seit Stunden aufgelöst, sondern wäre am Himmel festgefroren, sah er ihn vor sich; wie ein gewaltiges, weit offenes, unerreichbares Tor wölbte er sich über Meer und Land.

War es das? Ging es durch dieses Tor hindurch? Sah so der Zugang aus zu der Welt der Toten?

Der Regenbogen, ja, das war ein Tor, das scheinbar allen offenstand, das aber kein menschliches Wesen je durchschreiten konnte. Ein Trug. Sperber verwarf diesen Gedanken wieder. Er suchte eine Welt, in die er sich morgen aufmachen konnte. Denn immer noch glaubte er, so unwahrscheinlich ihm zugleich diese Vorstellung die meiste Zeit über schien, dass er jene Grenze überwinden konnte, die ihn von der Geliebten trennte, dass ihre Trennung nicht endgültig war. Die Textur ihrer Haut, die Form ihrer Schultern, jeder Zoll ihres Körpers war eingebrannt in seine Handflächen. Er konnte ihre leise, hohe Stimme hören, die tiefer wurde, sobald sie sie anhob, und kehlig wie die einer Italienerin. Sollte diese Stimme aus einem fernen Jenseits kommen? Sein ganzes Wesen, sogar sein Geschlecht reagierte darauf und regte sich, hob den Kopf, sobald sie ertönte – gleich neben ihm, wo auch immer, in seinem Hirn, jenseits des Regenbogens. Ihre Präsenz war so offensichtlich und greifbar, dass es nur noch eine kleine Willensanstrengung kosten musste, so schien es ihm häufig, um sie in Fleisch und Blut vor ihm erstehen zu lassen. Doch war er gerade zu diesem winzigen bisschen Mehr an Willenskraft, das es gebraucht hätte, nicht fähig in jenen Augenblicken. Wenn sie schon fast vor ihm stand, ging es auf einmal nicht mehr weiter; auch mit dem Äußersten, zu dem er in der Lage war, reichte er nicht zu ihr hin.

Aber er versuchte es wieder und wieder.

Der Himmel war klar, die Luft kalt und wenig bewegt. Auf dem glatten Sand, über den Sperber ging, hatte das sich zurückziehende Meer eine hauchdünne Wasserschicht hinterlassen, auf der sich das Himmelsblau und die wenigen darauf vorüberziehenden Wolken spiegelten, und wie schon einmal war es Sperber, als hätte ihn jemand auf den Kopf gestellt und als liefe er zwischen weißen Wolken hindurch über den Himmel. Wie durchsichtig der Boden unter seinen Füßen war! Während Sperber so ging, öffnete sich unter ihm eine grenzenlose Weite, und er sah geradewegs in die Unendlichkeit hinein.

Als er den falschen Himmel schon wieder verlassen hatte, stieß er auf eine tote Möwe, von der nichts als Federn und Knochen übrig waren. Doch was da lag, war kein durcheinandergeworfenes Häuflein Federn und Knochen, sondern der klar zu erkennende Vogel, in der Haltung, in der er gestorben oder vom Himmel gefallen war. Seine Überreste hatten sich flach und deutlich wie eine Zeichnung in den Sand eingeschrieben, als hätten diejenigen, die ihm das Fleisch abgenagt oder weggepickt hatten, darauf geachtet, ja nichts zu verrücken und den Leichnam nicht von der Stelle zu bewegen. Von den Flügeln war das Gefieder abgefallen, so dass sie zwei angewinkelten, über den Kopf gehobenen Ärmchen glichen. Allein die Rippen verhüllte noch ein spärliches Federkleid; eine Art schauriges, verschlissenes Schwanenseekostüm.

Der Kopf der Möwe war zur Seite gedreht; in schöner Biegung führten die großen, starken Halswirbel zu dem hohläugigen Schädel, der nahtlos in die zwei spitzen Keile des Schnabels überging.

Sperber stand lange über den Leichnam gebeugt, der weiß und blank wie ein toter Engel in den Dünen lag. Fast stieß er mit der Nase an das Tier, er suchte, forschte, nahm alle Einzelheiten in sich auf, als könnte er auf diese Weise etwas verstehen vom Tod. Er dachte an die überfahrene Taube, die er vor einiger Zeit an einem Straßenrand gesehen hatte. An ihrem kleinen, grauen Körper, der so flachgewalzt gewesen war, dass er nicht mehr als Tierleib zu erkennen war, hatte ein aufgerichteter Flügel im Wind geschlagen. Auch das kümmerliche Gefieder, das der Möwe geblieben war, wurde noch sachte von der Luft bewegt. In den Toten steckte, wenn man sie nicht aus den Augen ließ, noch ein Funken oder eine Feder Leben.

Sperber riss sich los, drehte sich aber nach zwei, drei Schritten noch einmal zu der toten Möwe um. Die Flügelarme rechts und links des Leibes angehoben, lag sie da in ihrer eigenartigen Hände-hoch-Position, wie ein Cowboy oder Gangster, der soeben alle Waffen fallen gelassen hat. Durch die Dünen ging Sperber zurück. Vor dem Leuchtturm blieb er stehen und übersah die flüssige Wüste vor sich, die so viel weiter reichte als das Auge und über der in der Ferne ein Wolkenband aufgezogen war, eine Art zweiter, sonnengeröteter Horizont.

Neben der Mole, deren Ende der Leuchtturm bildete, waren wie bei jeder Ebbe Felsen zum Vorschein gekommen. In Gedanken noch bei der toten Möwe, sah Sperber auf die braunen Zacken, die aus dem nassen Sand ragten und in denen er manchmal die Dächer einer versunkenen Stadt oder die Zinnen einer versunkenen Burg hatte sehen wollen. Und während er so stand und schaute, löste sich plötzlich aus der Masse der Felsen die Rundung eines großen Schiffswracks, das er noch nie an dieser Stelle gesehen hatte und das – falls es sich denn wirklich um ein solches handeln sollte – doch schon die ganzen Jahre über und noch viel länger hier gelegen haben musste.

Eilig lief Sperber noch einmal zum Strand hinunter und näherte sich der Form, die er von oben gesehen hatte. Was von der Mole aus nur als Andeutung zu erkennen gewesen war, erwies sich, aus der Nähe betrachtet, eindeutig als die Überbleibsel eines an die dreißig Schritte langen Schiffes, das vor langer Zeit hier gestrandet sein musste. Von den Rippen des Schiffbauches waren nur noch Stümpfe übrig geblieben. Wer direkt davorstand und genauer hinsah, konnte in zwei zur Hälfte im Sand vergrabenen, vollständig verrosteten und mit Muscheln besetzten

Eisenflügeln noch einen Teil der Schiffsschraube erkennen.

Wie oft hatte Sperber schon bei Ebbe vor den nackten Felsformationen gestanden! Nie hatte er das Schiffswrack wahrgenommen. Wer es einmal erblickt hatte, würde es nicht mehr übersehen. Aber genauso gut konnte ein Bewohner dieses Küstenorts jeden Tag auf dem Weg zum Leuchtturm an dem Wrack vorbeiwandern und es ein Leben lang nicht bemerken.

War es vielleicht mit den Toten nicht anders? Lebten sie unerkannt mitten unter uns, unsichtbar wie die Rohrdommel im Schilf, die Zikade auf dem Baumstamm oder der Polarhase im Schnee? Konnte man sie, wenn man sie mit besonderer Aufmerksamkeit und geschärften Sinnen suchte, finden? Oder erschienen sie einem zufällig, wenn man sie überhaupt nicht suchte, sondern mit anderem beschäftigt war? Wie alle Erscheinungen, denen er begegnete, setzte Sperber auch das Schiffswrack augenblicklich in Verbindung mit seiner fixen Idee.

Die Sonne war hinter dem Wolkenhorizont verschwunden, aber in der Glut, die sie am Himmel entfachte, war sie noch lange zu sehen.

4

Im Dunkeln lauschte er ihrem Atem. Lückenlos, als wäre sie ein Teil seines Körpers, füllte ihre Schulter seine Achsel, und ihre Hand strich ihm schläfrig und so seidenweich wie ein Fuchsschwanz über Brust und Bauch.

Luchs!, flüsterte er in die Nacht hinein. Meine Luchs!

Ihre Fingerspitzen liefen über seine Schulter, rutschten in die Kuhle über dem Schlüsselbein und von dort aus abwärts. Bald schlossen sich ihre Lippen um ihn, dessen ganzes Wesen in dieses Zuhause drängte.

Meine Landstraße, flüsterte Sperber, mein Sommer, mein Winter.

Er flüsterte und summte oder sang, aber was er flüsterte oder sang oder summte, hätte er hinterher und sogar währenddessen nicht wiederholen noch vermutlich verstehen können. Die Worte oder Laute, die aus seinem Mund kamen, sagten, was sein Herz und seine Seele, was seine Haut und seine Haare und sein Geschlecht, wenn sie denn hätten sprechen können, vielleicht gesagt haben würden.

Ein gewaltiges Gepolter riss ihn aus seinen Singseufzern und aus den geträumten Armen der Geliebten und ließ ihn aufschrecken mit der furchtbaren Gewissheit, jemand hätte sie mit einem schweren Gegenstand erschlagen. Im oberen Stockwerk war ein Möbel umgefallen. Es war mitten in der Nacht; die hölzernen Fensterläden schnitten das Licht der Laterne in schmale, gelbe Streifen.

Sperber knipste die Bettlampe an. Er war allein in seinem Zimmer, so allein, wie er in den ganzen letzten Jahren, die er doch einsam hier verbracht hatte, nicht gewesen war. Einen Moment lang sehnte er sich nach seiner früheren, ahnungslosen, im Rückblick lächerlich harmlosen Männereinsamkeit zurück. Fast nahm er es Luchs übel in jenem Moment des Ohne-sie-Erwachens, dass sie je vor ihm erschienen war und ihn – aber für wie kurze Zeit nur!, ein paar Wochen der Sehnsucht und zwei Nächte der wirklichen, beglückenden Berührung lang – aus seinem frauenlosen Spätschüler- oder Frührentnerdasein gerissen hatte. Wie musste er diese kurze und dabei immer noch währende Verzückung jetzt büßen!

Während dieser beiden Nächte aber hatte er gedacht: Jetzt ist es gut. Jetzt habe ich gelebt. Jetzt kann ich sterben.

Und obwohl er durchaus nicht sterben wollte, obwohl er mehr denn je am Leben hing, setzte dieser bis ins Mark empfundene Gedanke, oder die Erinnerung daran, seinem Anflug von Zorn gleich wieder ein Ende.

Er stand auf und öffnete das Fenster, klappte die Holzflügel auf. Eisige Luft schwappte ins Zimmer herein und biss in seine schlafwarmen Glieder. Es hatte wieder angefangen, in dünnen Flocken zu schneien, und in dem Lichthof um die dem Fenster nächste Laterne wirbelten die Schneeflocken wie ein Schwarm aufgeschreckter Glühwürmchen.

Sperber hüllte sich in mehrere Kleiderschichten, über die er als letzte seine enggewobene, wasserabstoßende Wolljacke zog. Er vergaß, oder nahm sich nicht die Zeit, das Licht zu löschen und das Fenster zu schließen. Ohne sich noch einmal umzudrehen oder auch nur die Tür hinter sich ins Schloss zu ziehen, lief er los.

Er kehrte dem Meer und dem Hafen den Rücken zu, ging die Flussmündung entlang landeinwärts, bis er die letzten Häuser und Schuppen des Ortes hinter sich gelassen hatte. Mit gleichmäßigen, ruhigen Schritten kam er voran. Eine Weile hatte er noch das helle Klimpern der gegen die Maste schlagenden

Flaggleinen im Ohr. Dann hörte er nur noch das leise Keuchen seines eigenen Ein- und Ausatmens und das Knirschen seiner Schuhe auf der hartgefrorenen Erde. Unter jeder Laterne verlangsamte er den Schritt und hob die Augen zu dem irren Treiben der Schnee-flockenlichter.

Bald war das karge Mondlicht, das durch die schneeige Wolkendecke drang, seine einzige Leuchte. Ein Weg, dessen Ränder er schwach erkennen konnte, führte an der zu dieser Stunde viel Wasser führenden Flussmündung entlang. Sperber spürte den Fluss neben sich hergleiten wie ein gewaltiges, träges, kaltblütiges Reptil, und er hätte sich auf ihn stützen, sich ihm anvertrauen wollen, aber er ging steten Schrittes weiter und fühlte, wie auf seinen Wangen die weichen, unsichtbaren Schneeflocken verglühten. Die Wolken verdichteten sich und hielten sogar das seltene Blinken eines vorbeiziehenden Flugzeugs oder Satelliten von dem Wanderer ab. Er schritt unbeirrt aus, und nur wenig später war er der letzte Mensch auf der Welt.

Bei Tag war er den Weg am Flussufer schon oft gegangen, und so wollte er den Ort, zu dem er führte, umgehen und weiter in die vom Fluss gewiesene Richtung vordringen, bis er das Landesinnere erreicht haben würde, das Landesinnerste, das Land der Toten. Vielleicht würde er den Fluss überqueren müssen, oder viele Flüsse? Vielleicht einen Berg besteigen? Er hatte es nicht eilig. Sein Gesichtsausdruck, hätte jemand ihn denn sehen können in der schneedurchwehten Finsternis, war nicht grimmig oder verbissen. Es war der abwartende Ausdruck eines mutig-furchtsam vor sich hin Trottenden, der wusste, dass er auf alles gefasst war, nur nicht auf das, was er suchte und wofür seine Vorstellung nicht genügte. Er ging und ging. Dass er an keiner Ortschaft vorüberkam oder zumindest keine registriert hatte, merkte er erst, als er schon lange daran vorbei sein musste, aber es war ihm recht so. Je schneller er alles Bekannte hinter sich gelassen hatte, umso besser.

Es hatte aufgehört zu schneien. War er vom Weg abgekommen, oder hatte sich dieser irgendwann im Dickicht verloren? Er ging durch einen hohen, nicht sehr dichten Wald, dessen zum Himmel gereckte nackte Arme den ersten, bleichen Schimmer einer Morgendämmerung zu erflehen schienen. Und tatsächlich nahte bereits, oder schien es nur so?, eine Spur Helligkeit.

Ein Vogel flog auf, als Sperber einen Ast wegbog. Als der Wald sich lichtete, kamen die Umrisse menschlicher Behausungen in Sicht, eine Straße, eine Kreuzung, einige verstreute, niedrige Baracken. Sperber ging in einer Richtung weiter, von der er glaubte, dass es von Anbeginn an dieselbe war; er drang in eine nächtliche, ihm unbekannte Vorstadt oder Schuppenansammlung ein. Es war noch Nacht, aber irgendwo gab es eine Sonne, und deren schwacher Abglanz legte sich auf die Ansiedlung als ein welkes, aschfahles, kaum von der Düsternis zu unterscheidendes Zwielicht.

Die Gebäude, die jetzt immer zahlreicher die Straßen säumten, waren teils wellblechgedeckte, halb verrottete und behelfsmäßig geflickte Holzhütten, teils aus Betonstein gemauerte, unverputzte Würfel, die wohl kaum mehr als einen Raum enthalten konnten.

Sperber fragte sich nicht, wie lange er noch zu gehen hatte. Er ging. Einmal huschte in einiger Entfernung eine große Katze, oder war es ein Fuchs?, über die holprige Fahrbahn, und irgendwann, nach einem langen Marsch durch die öden Straßen, erblickte Sperber ein menschliches Wesen. Es war eine männliche Gestalt, die am Straßenrand stand, die Hände in den Jackentaschen, und sich auch nicht rührte, als Sperber mit leichtem Nicken an ihr vorüberlief.

Die Stadt oder Vorstadt weitete sich aus und verzweigte sich, und je weiter Sperber ging, umso mehr Menschen zeigten sich auf den Straßen. Manche von ihnen lagen auf dem Boden, seitlich gekrümmte, in

Decken oder einfach in ihre Tageskleidung gehüllte, reglose Formen. Andere saßen auf einem Mauervorsprung oder hockten am Straßenrand, das Körpergewicht auf den Fersen, stumm. Die meisten aber standen auf den Gehsteigen, vereinzelte, nahezu bewegungslose Männer und Frauen jeden Alters, an den Kreuzungen zu kleinen, höchstens vier- oder fünfköpfigen Gruppen geballt, vor denen auf umgedrehten leeren Blechtonnen ein kleines, kaum Licht und noch weniger Wärme spendendes Feuer brannte oder Kohlen glühten, und warteten.

Es war jetzt nicht mehr kalt. Im Gehen zog Sperber sich die obersten Kleiderhüllen vom Leib und verknotete sie zu einem Bündel. Sollte die Helligkeit zugenommen haben, so allenfalls minimal. Die eher breiten, unbefahrenen, von schlecht ausgebesserten Schlaglöchern und Rissen verdorbenen Straßen lagen weiterhin im fahlen Dämmerlicht eines sehr frühen Morgens oder einer späten, nicht enden wollenden, schlaflosen Nacht. Die Laternen, die in unregelmäßigen Abständen die Straßen säumten, brannten nicht.

Kein einziger der zu dieser ungewöhnlichen Stunde so zahlreich die Straßen Bevölkernden hatte bisher auf erkennbare Weise von Sperber Notiz genommen, keiner hatte aufgeschaut oder auch nur geblinzelt, als er vorüberging. Die Stehenden und

Hockenden bewegten sich, wenn überhaupt, dann nur um ein weniges vom Fleck; sie traten von einem Fuß auf den anderen oder zogen eine Hand aus der Hosentasche, hängten den Daumen in eine Gürtelschlaufe oder fassten sich ans Kinn. Doch: Einmal sah Sperber, wie ein Mann schleichend langsam um eine Ecke ging.

Ein Zentrum, eine belebtere, von Straßenlaternen beschienene Gegend, in der es Läden, seien es geschlossene, womöglich eine Kneipe oder ein Gasthaus gegeben hätte, fand Sperber nicht. Aber schon lange bevor ihn seine Beine nicht mehr trugen und er sich ermattet zwischen zwei Betonschuppen zu Boden sinken ließ, schon bevor er seinen Kopf auf das Kleiderbündel bettete und einschlief, wusste Sperber, dass er angekommen war. Und er freute sich.

5

Erst als er sich beim Aufwachen und ersten Um-sich-Schauen entsann, wo er sich befand, schauderte es ihn. Jetzt, da ihn Erschöpfung und Rast abgesondert hatten von der Vielzahl der ewig Schlaflosen, spürte er deutlicher als zuvor seine Fremdheit und Unzugehörigkeit, sein radikales Sonderdasein inmitten der unübersehbaren, mit zahllosen Bewohnern angefüllten Straßen der Stadt.

Er setzte sich auf.

Wieder – immer noch – herrschte ein bleiches Fastdunkel, ein zu keinem Tag und zu keiner Nacht gehöriges Zwielicht. Alles schien unverändert. Die Menschen standen und lagen noch, wie sie gelegen und gestanden hatten, und blickten tatenlos vor sich hin.

Sperber hatte Hunger und Durst, und er sah ein, dass er ohne Hilfe die Gesuchte wohl nicht finden würde, aber er war nicht imstande, auf einen der ihm am nächsten Stehenden zuzugehen und ihn anzusprechen, ihm etwa eine Frage zu stellen. Eine unsichtbare Sperre, eine monströse Schwere auf seiner Zunge, hinderte ihn daran. Mit leerem Magen und trockenem Mund, ohne eine Ahnung zu haben, wohin der eingeschlagene Weg ihn führen würde, wenn nicht durch immer neue und immer gleiche Straßenzüge tiefer in die Dämmerstadt hinein, machte er sich erneut auf die Beine. Er ging jetzt nicht mehr immerzu geradeaus, wie in der vergangenen Nacht, die hier weiter fortzudauern schien, sondern bog bald nach links, bald nach rechts in eine Querstraße ein. Nach einer Weile umging er die Stehenden auch nicht mehr in weitem Bogen, wie er es bisher getan hatte. Wo, wenn nicht unter ihnen, sollte er die Gesuchte finden? Er näherte sich jedem Einzelnen, bis er die Gewissheit hatte, dass sie es nicht war. Allmählich wich auch seine Scheu ein wenig, da sich niemand im Geringsten um ihn scherte und ihn vermutlich nicht einmal einer sah. Und irgendwann lief er nicht viel anders, nur hungriger und erwartungsvoller durch die trüben Straßen, als er in einem Museum durch einen Saal mit antiken Statuen gegangen wäre. Fast vergaß er, dass in den Menschen der Dämmerstadt eine Spur Leben war und sie sich, sei es geringfügig und wenn, dann nur äußerst gemächlich, ja fast unmerklich bewegten.

So ging er im Zickzack von einem zum anderen, bis er vor seiner Mutter stand.

Der Anblick der eigenen Mutter fuhr ihm ins Gebein. Er war nicht darauf gefasst gewesen – wie einfältig er war! –, dass er neben ihr, der Geliebten, noch anderen aus seinem Leben Verschwundenen hier begegnen konnte. Bis zu diesem Augenblick war sie seine einzige Tote, die einzige ins Leben Zurückzuholende gewesen. Er war nicht gewappnet für eine solche Begegnung.

Er stand dicht vor der Mutter, hatte sie erst erkannt, als er sie mit dem ausgestreckten Arm schon hätte berühren können. Ihr glattes Haar war von derselben Farbe wie das Dämmerlicht, das von ihr auszugehen und wie aus einer nie versiegenden Quelle von ihrem kleinen Kopf zu fließen schien.

Er sagte etwas, den Namen, der noch das Kinderwort war, mit dem er sie gerufen hatte, und der ihm im Fastdunkel der großen Stadt so unpassend und albern klang, als hätte jemand eine gelbe Gummi-Ente in eine Kathedrale hineingetragen und auf den Altar gesetzt.

Sie sah und hörte ihn nicht, und kaum hörte er sich selber, so matt tönte seine Stimme, aufgesogen von dem Schwamm der Dämmerung.

Er blickte in ihr Gesicht, das noch dasselbe war, das er zuletzt gekannt hatte, ihr letztes Gesicht vor dem Überqueren der Grenze. Er sah die tiefen Furchen, die es durchzogen, die flächige, erstaunlich glatte Stirn, die noch in dieser Düsternis erkennbare Helligkeit der Augen, ein Licht, das sie an ihn weitergegeben hatte.

Oft hatte er dieses Gesicht betrachtet in ihrem Schlaf, denn sie war immer häufiger eingeschlummert in den letzten Jahren, manchmal sogar bei Tisch, mitten in einem Gespräch, zwischen Frage und Antwort, Suppe und Braten. Es hatte dann ein Schmerz in ihm gebohrt, als wäre sie schon tot, doch hatte er den Blick nicht abwenden können. Wieder und wieder hatte er so ihr Sterben erlebt und geprobt, und als es dann eintrat, war er dennoch, wie jetzt auf ihren Anblick, nicht vorbereitet gewesen.

Er schlang seine Arme um sie und drückte sie an sich, doch die Berührung erschreckte und peinigte ihn noch mehr als ihr Anblick, und er ließ sie sofort wieder los. Wie ein Gegenstand hatte sie in seinen Armen gelegen, ohne sich gegen seine Umarmung zu sträuben oder sie zu erwidern, eine staubige Gliederpuppe, die, als er seinen Griff löste, leicht schwankend, vor- und zurücktretend, unbeteiligt, als hätte nicht ein Mensch, sondern ein Luftzug sie angerührt, bald ihr Gleichgewicht wiederfand.

Sperber wusste, die kurze Berührung hatte es offenkundig gemacht, dass er sich durch kein Rütteln und Schütteln bei ihr bemerkbar machen würde. Es genügte nicht, zu wollen und zu wagen; es genügte nicht, mit aller Kraft bis zu den Toten hin zu denken und zu fühlen und schließlich durch die lange Winternacht zu ihnen hin zu wandern. Sie blieben wie hinter einer Vitrine weggeschlossen, und der Schlüssel fehlte ihm.

Er nahm eine Hand der Mutter zwischen die seinen und küsste sie, um ein letztes, endgültiges Mal Abschied zu nehmen. Über ihren Arm gebeugt stand er da, und seine Tränen fielen auf ihren Handrücken und tropften von dort auf den brüchigen Asphalt. Ihre Stimme, ihre so lange nicht gehörte Stimme, sagte seinen Namen. Oder bildete er es sich ein? Eine Hand strich ihm übers Haar, das jetzt schütterer als das ihre war. Konnte das sein?

Er blickte auf und sah, dass sie ihn sah.

Kurz dauerte dieser gekreuzte Blick, nur die winzige Weile – kaum länger, als die Träne brauchte, bis sie aus dem Auge quoll, über den Handrücken rollte und auf dem Asphalt zerplatzte –, während der die Tote aus der Ewigkeit herausgetreten war.

Komm zurück, flüsterte Sperber, der sie wieder in ihrer Unerreichbarkeit verschwinden sah. Komm zurück.

Er wandte sich ab, ertrug die Nähe der Abwesenden nicht mehr. Nach ein paar Schritten, die sich kaum von Jahren unterschieden, krümmte er sich neben einer niedrigen Mauer zusammen. Vor Gram und Entsetzen glaubte er sterben zu müssen, aber er fühlte zugleich, dass man hier, wo er war, nicht starb.

Absichtslos hatte er die eigene Mutter aufgestöbert, hatte sie in der bodenlosen, stumpfen Leere ihres Totendaseins angetroffen. Er verstand nicht mehr, wie er so töricht hatte sein können zu glauben, es könnte eine Rettung, ein Zurück-ins-Leben-Holen geben, seine, die von der Liebe verliehenen Kräfte könnten dazu ausreichen. Er verstand nicht mehr, wozu er aufgebrochen war.

6

Während er so hockte, den Kopf nach vorne gebeugt, mit offenen Augen, schien es ihm, als wäre
in die Mauer etwas eingeritzt, und wie er darüber-
wischte mit der flachen Hand, wurden noch andere
Inschriften sichtbar, dicht an dicht, an manchen
Stellen übereinander, in verschiedenen Sprachen,
von denen er die meisten nicht verstand. »Drossel,
gibt es dich noch?« stand da geschrieben und »Ich,
Robert Fabre, erinnere mich an das Buchdeckelrot«.
Er rückte weiter und wischte, und neue Inschriften
erschienen auf den unebenen Platten des Gehsteigs,
und sogar in den Beton der Baracken waren, mit
welchem Meißel auch immer, Worte eingraviert.

»Ich liebte die Luft«, entzifferte er, und:

»Mir, Raymond Petitgrand, schmeckte die Gitane
Maïs«

»Ihr habt mich lebendig begraben, seid verflucht!«

»Meine Leidenschaften waren Rennen und Rad-
schlagen«

»Ich hörte so gern den Schulhoflärm am Turm Jean-sans-Peur. Valeria Inspektor«

»Gene Tierney, hier also treff ich dich«

»Die Ewigkeit bröckelt schon, ich spür's«

»Fremder, ich ermahne dich, lege bei den Mauerseglern und den Mardern Zeugnis davon ab, was du hier sahst«

Sperber machte sich wieder auf den Weg, ohne Zuversicht und ohne eine andere Wahl.

Die Luft roch nicht nach Moder und nicht nach Ammoniak, nicht nach Benzin und nicht nach Flieder. Sie roch noch nicht einmal nach Luft. War es überhaupt Luft? Als das Motorengeräusch von ferne an sein Ohr drang, wurde Sperber zum ersten Mal die Stille, die dichte, übernächtliche Stille, die in der Dämmerstadt herrschte, bewusst.

Die Mutter war verschwunden oder unter den vielen Untätigen und Gleichgültigen nicht mehr auszumachen; vielleicht floh er sie auch mehr, als dass er sie suchte. Die Straßen waren eine wie die andere. In eine Richtung musste er gehen. Er folgte dem Motorenklang.

Was war das für eine Welt, in die er geraten war? Es war ein nach außen gekehrtes Inneres, ein im Herzen des Sichtbaren verstecktes Unsichtbares, was er durchwanderte. Ein namenloses Zwischending. Es gab keine Bäume und keine Tiere, die es bis in die

Stadt hinein gebracht hätten, aber an manchen Stellen wuchs etwas zwischen den halbfertigen, verwitterten Bauwerken oder aus einem Riss im Asphalt: farblose, binsenartig-harte Gräser, die es nicht weiter als bis auf Kniehöhe schafften, und hier und dort eine Art gewaltige, einer gestrandeten Krake ähnelnde Wüstenpflanze, deren lange, breite Blätter schlaff und an den Spitzen verdorrt auf dem Boden lagen. Ein- oder zweimal war Sperber auf eine der im Zwielicht schlecht zu erkennenden trockenen Riesenkraken getreten und hatte eine Abscheu vor ihrem weichen, leblosen Körper empfunden.

Sperber bog in die Straße ein, aus der das Motorengebrumm zu kommen schien. Hier waren die Herumlungernden fast nur Frauen, und Sperber rechnete jeden Augenblick damit, auf die inzwischen fast mehr Gefürchtete als Gesuchte zu stoßen. Zwar schaute er nicht gerade weg, wenn er an einer der Frauensilhouetten vorüberging, aber er schaute auch nicht mehr wachsam hin. Eher streifte er eine nach der anderen mit einem schnellen Blick aus den Augenwinkeln, oder er sah knapp an ihnen vorbei in das Leichengesicht der Dämmerung.

So entdeckte er Florence.

Florence war die Mutter seines Kindes, seine gewesene Frau.

War sie denn gestorben?

Sie stand am äußersten Straßenrand, die langen, dünnen Arme vor der Brust gekreuzt, und setzte sehr langsam und zögerlich bald den einen, bald den anderen Fuß vor sich in den Rinnstein, wo allerlei Abfall und Schutt herumlag, als stünde sie im Sommer am Ufer eines kalten Bergbaches und hielte vor dem Baden probeweise ihre Zehenspitzen hinein.

Sie war schön. Schöner, als sie zu Lebzeiten, jedenfalls zu Sperbers Zeiten, je gewesen war. Zugleich war sie abgezehrt und älter; sie musste krank gewesen sein. Ihre Schönheit, dachte er, da er lange vor ihr stehen blieb, die Schönheit ihres Wesens war eine, die erst im Sterben ganz zu Tage trat. Vielleicht hat es deshalb mit uns nichts werden können? Unfug, widersprach er sich selbst sofort. Dass es mit uns nichts wurde, hatte weniger mit ihrer Schönheit als mit meiner eigenen, damals schon voll aufgeblühten Blödheit zu tun.

In seiner Vorstellung, ohne die Hand zu heben, strich er ihr über die Wange. Das alles lag so lang zurück, so unbegreiflich lang, dass es ihm schien, als wäre es vor seiner Geburt geschehen.

Unwillkürlich suchte er nach dem Kind in ihrer Nähe, nach ihrer beider Sohn, der inzwischen fast ein Mann sein musste, aber der einzige Mann, den er in dieser Straße ausmachen konnte, war ein Greis, der seine Hände an einem der kalten Feuer wärmte.

Der Sohn war zurückgeblieben.

Plötzlich gab es jemanden unter den Lebenden, der vielleicht seiner, Sperbers, Gegenwart bedurfte. Zum ersten Mal seit er aufgebrochen war, fühlte Sperber den Drang, zu den Lebenden zurückzukehren, und ihn befiel die Angst, die Beinahe-Gewissheit, nie mehr den Weg hinauszufinden.

Er wollte Florence fragen, ob der Sohn sich noch auf jenem fernen Kontinent befände, der so viel näher als die Dämmerstadt an Sperbers Küstenzuhause war, er wollte sie unbedingt nach ihm fragen, und er fragte sie auch, und obgleich seine Stimme immer noch Mühe hatte, das kompakte Zwielicht zu durchdringen, wandte sie den Kopf zu ihm hin und blickte ihn an, aber seine Frage verstand sie nicht, oder sie wusste keine Antwort. Mehrmals sagte er den Namen des Sohnes: Gwenaël, Gwen. Gwen.

Sie sah ihn an aus einer Entfernung, aus der es kein Sehen und kein Erkennen gab.

Noch einmal sagte er: Gwenaël.

Da öffnete sie die trockenen Lippen und formte: Naël, wie ein Kind, das ein Wort nachzusprechen versucht. Ihre Augen waren auf Sperbers Nasenbein gerichtet.

Als er sich von ihr entfernte, sah Sperber, dass sie eine Art verschlissenen, hinten weit auseinanderklaffenden Krankenhauskittel trug, der ihr Steißbein und die dürren Schenkel entblößte, und es war dieses Bild der Hilflosigkeit und Verlassenheit, das ihn fast mehr entsetzte und ergriff als die unüberwindbare Entfernung des Geistes und das er in sich forttrug.

Das Fahrzeuggeräusch hatte aufgehört, doch schon nach wenigen Schritten vernahm Sperber es wieder. Es war nicht das Schnurren eines laufenden Triebwerks, vielmehr das Stottern eines alten Dieselmotors, der nicht anspringen wollte. Aus dem sumpfigen Licht der Stadt, das von einem Licht nur die Buchstaben hatte, löste sich, als Sperber näher trat, das Gehäuse eines Autobusses, wie es sie in den dreißiger Jahren des vergangenen Jahrhunderts einmal gegeben hatte. Bleich und bauchig wie ein toter Wal lag der Omnibus am Straßenrand.

Sperber ging einmal ganz um das Fahrzeug herum, das zu seinem Erstaunen gedrängt voll mit Menschen war. Alle Bänke und alle Stehplätze waren besetzt, die Gepäckstücke nahmen den restlichen Platz ein, manche besonders umfangreichen Taschen wurden sogar von den Passagieren über ihre Köpfe gestemmt. Der Bus war abfahrbereit, die Türen waren ebenso wie die Fenster geschlossen, und es nahm wunder, wie das bei diesem Andrang hatte vonstattengehen können. Aber der Bus sprang nicht an. Wieder und wieder, ohne jedes Zeichen von Ungeduld und ohne erkennbar etwas anderes, als das rechte Handgelenk am Zündschloss zu bewegen, versuchte der Fahrer, ein kräftiger, schnurrbärtiger junger Mensch in Uniform, erfolglos, den Motor anzulassen.

Nicht weniger geduldig als der Fahrer schienen die Businsassen. Einer am anderen standen oder saßen sie, wie lange wohl schon?, in oftmals höchst unbequemer Haltung da. Durch die beschlagenen Fenster sah Sperber ihre duldsamen, ergebenen Mienen. Manchmal unternahm es einer von ihnen, seinen Nachbarn ein wenig von sich wegzuschieben. Der Weggeschobene, von der anderen Seite ebenso beengt, füllte den gewonnenen Zentimeter augenblicklich wieder aus und schien das Manöver im Übrigen gar nicht bemerkt zu haben.

Als er den Bus noch einmal umkreiste, sah Sperber über der Windschutzscheibe in weißen Buchstaben den Namen der Endhaltestelle geschrieben stehen: Vallée des merveilles. Tal der Herrlichkeiten. Er versuchte, einen Blick auf jedes der dicht aneinandergedrängten, sich gegenseitig verdeckenden Gesichter zu erhaschen, denn er hatte mit einem Mal die Gewissheit, dass die Geliebte nirgendwo anders als unter diesen immer Aufbruchbereiten zu finden sein müsste, und sein Wille, sie unbedingt aufzuspüren und ins Leben zurückzuführen, erwachte wieder. So dicht trat er an das verrostete Blechgehäuse heran, dass er mit der Nase fast die Scheibe berührte. Unter den Businsassen waren einige Frauen. Aber die er suchte, konnte Sperber, sosehr er seine Augen auch anstrengte, nicht entdecken.

Die männlichen Insassen des Busses streifte sein Blick nur, doch blieb er beim dritten Umrunden des Gefährts an einem Männergesicht hängen. Der Mann saß neben zwei älteren Frauen, die die metallene Zweierbank, die sie zu dritt belegten, fast ganz für sich in Anspruch nahmen. Neben den beiden korpulenten Damen, die ihn gegen die Scheibe quetschten, machte der kleine alte Mann sich aus wie ein Kind. Um seinen beinahe glatzköpfigen, runden Schädel wuchs ein Kranz aus grauen Stoppelhaaren. Die Augenbrauen aber waren schwarz und üppig, zwei borstige, widerspenstige Balken; der Mund, ein dünner, langer Strich. Die langen, dichten Wimpern schwärzten wie Khol die Konturen seiner runden, faltigen Augen. In dem alten, schwermütigen Clown, dessen Blick über die niedrigen, im Dämmerlicht nur zu erahnenden Wellblechdächer der Siedlung wegging, erkannte Sperber den Dichter Max Jacob.

Er versuchte gar nicht erst, sich bei dem alten Mann bemerkbar zu machen: Hinter dem Glas des Busfensters war er doppelt unerreichbar, ein zweifach Gestorbener. Sperber sah ihn an. Und je länger er ihn ansah, umso sicherer war er, dass der Dichter ihm etwas mitzuteilen, ihm einen Weg, vielleicht gar einen Ausweg zu weisen hatte. War er nicht auf sein Geheiß hin damals – vor wenigen Monaten nur – in die Hauptstadt aufgebrochen?

Auf den beschlagenen Fensterscheiben verdichtete sich die Feuchtigkeit hier und da zu Wassertropfen, die beim Hinuntergleiten dunklere, durchsichtigere Spuren hinterließen. Durch einen dieser Guckstreifen sah Sperber, dass sich die Lippen des alten Mannes bewegten.

Sperber zog den Kopf zurück, weil der Bus, der die ganze Zeit über träge vor sich hingestottert hatte und nicht hatte anspringen wollen, sich ruckartig in Bewegung setzte, wobei mehrere Explosionen die dämmerige Stille durchbrachen. Er lief neben dem Bus her, der erst allmählich in Fahrt kam, und bemühte sich, den alten Mann im Auge zu behalten. Seine Insassen gegeneinanderwerfend, tanzte der weiße Blechwal über die holprigen Straßen; Sperber nebenher. Auch als es seine volle Geschwindigkeit erreicht hatte, war das Gefährt nicht viel schneller als ein Läufer, aber Sperber, den Lebendigen, verließen bald die Kräfte, und als er endlich innehielt, keuchend, mutlos, erschöpft, war sie da.

7

Von Sperber vergessen, rollte der Bus noch über die nahe Kreuzung hinaus, verlangsamte dann seine Fahrt und kam nach ein paar letzten Sprüngen fürs Erste wieder zum Stehen, doch Sperber sah nicht mehr hin, er hörte nicht das wiederkehrende, geduldige Stottern des Motors. Nach Atem ringend, stand er vor einer, vor der einzigen, die ihm den Atem, die ihm die Angst, die ihm den Kleinmut nahm.

Sie balancierte, den Kopf etwas zur Seite geneigt, auf dem schmalen Bordstein wie auf einem eigens für sie gespannten Seil, die Arme ein wenig von sich gespreizt, die Hände leicht zurückgebogen, eine seiltanzende Schlafwandlerin auf der Suche nach einem immer neu zu findenden Gleichgewicht. Unendlich träge, fast unmerklich hob und senkte sie bald die rechte, bald die linke Hand in einem endlosen, anmutigen, erschreckenden Balanceakt.

Der Dämmer hatte das leuchtende Rot ihres Kleides in ein stumpfes Rostbraun und das Licht ihres

Haares in schattigen Sandstein verwandelt. Aber weder Alter noch Krankheit hatten sie gezeichnet, sie besaß den Liebreiz des in Ausdruck und Haltung unverändert gegenwärtigen, warmen Lebens.

Leise, vorsichtig, als liefe sie Gefahr, aufzuschrecken und von ihrem Seil hinab in einen Abgrund zu fallen, sagte Sperber ihren Namen, eine Vielzahl von Namen, die die Sehnsucht ihm eingab.

Sieh mich an!, flüsterte er. Sieh mich an.

Sie sah ihn nicht an. Sie hörte ihn nicht. Aber sie war da. Zum Liebkosen nah. Zaghaft berührte er ihre Hand, die vierfingrige Rechte, die ihm am nächsten war. Kühl und nachgiebig lag sie in der seinen.

Wenn er sie jetzt an sich zöge und umarmte, würde er das fragile Gleichgewicht zerstören, in dem sich ihr Körper zu befinden schien, und tatsächlich zog er sie an sich und umarmte sie, riss sie von ihrem Seil herab in seine Arme, küsste sie auf die Lippen, auf die Wangen, auf den Hals.

Sie ließ alles mit sich geschehen. Sie schlief nicht, sie wachte nicht. Sie hatte keinen Willen, keine Sinne, kein Gedächtnis mehr. Wohin hatte sie sich zurückgezogen? In welche Tiefen war sie, schon bevor er das zarte Gleichgewicht störte, gefallen? Hatte sie ihm ihren Leib, die leere Hülle ihres weichen, geliebten, biegsamen Leibes in der Dämmerstadt als Pfand zurückgelassen?

Er zog sie fester an sich, spürte durch den dünnen Stoff des Kleides ihren geschmeidigen Körper, die Biegung des Rückgrats, alles war unverändert da und von seinen Fingern zu erfühlen, aber nicht erreichbar. Behutsam ließ er sie los. Sie stürzte nicht, blieb neben ihm stehen, etwas anders, ein wenig unbeholfener vielleicht als zuvor, teilnahmslos, stumm. Sperbers Blick schweifte umher, wie um Hilfe zu holen, aber überall standen und lagen auch hier wieder die gleichen reglosen oder vielmehr aufs Äußerste verlangsamten, unbeteiligten Gestalten, verstreut im endlosen Dämmer der breiten, im rechten Winkel zueinander verlaufenden Straßen.

Er war am Ende seiner Reise angekommen. Rings um ihn her, bis in eine nicht vorstellbare Weite hinein, lagerten in Staub und Finsternis die unzähligen, in sich selbst versunkenen Toten, und die Frau, die er sehnlichst gesucht hatte, war eine von ihnen. Seit Menschen starben auf der Erde, wuchs die Zahl dieser unübersehbar vielen. Waren es Millionen, waren es Milliarden? In ihrer ungeheuren Masse war sie für immer verloren.

Er setzte sich auf den dreckigen Bordstein, schlang seine Arme um die angezogenen Knie und ließ den Kopf vornüberkippen, doch spürte er weiter die Übermacht der Toten um sich her, in allen Fasern, am Hinterkopf, im Nacken. Er wollte fliehen, wollte die Stadt hinter sich lassen, losrennen, aber nicht ohne sie: Er würde sie mit sich fortziehen, würde sie tragen. Er musste nur noch ein wenig Kraft schöpfen. Aber, kein Zweifel, er würde es tun.

Er ruhte, und während er ruhte, sah er die Bilder einer zweisamen, entschwundenen Zukunft vor sich erscheinen, und jedes Bild war ein Schmerz, den er noch nie verspürt hatte. Eine Stimme erhob sich in seinem Kopf, seine eigene oder eine tote, die vielleicht auch seine eigene war. Sie sang:

Das Türkis am Hals der Taube
Hast du das schon gesehen?
Und das? Und das?
Ich will es dir zeigen
Den Meerfenchel will ich dir
zu riechen geben ein welkes Ulmenblatt
in deiner Hand zerbröseln
Ich will mit dir trinken
aus einem Glas
Boulevard de Ménilmontant
in der Bar zur Sonne
Aus dem Ständer
auf der Theke
ein hartes Ei
mit Salz
Türen werden wir öffnen hinaus auf

einen langen, langen Tag

Lass mich noch einmal fühlen wie es ist

wie es sein wird

wie es war

das Schmelzen

das Platzen

die Feier

die Wonne

Der Gesang war verklungen. Sperber hob den Kopf. Luchs' Hand schwebte über seiner Schulter. Sie musste einen oder zwei Schritte auf ihn zugegangen sein.

Er richtete sich auf und schlang seine Arme um sie, und, ja, sie erwiderte seinen Kuss, er war sich sicher, einen leichten Druck ihrer Lippen gespürt zu haben. Ihre Hände hingen nicht schlaff am Leib herunter, sondern lagen, nahezu schwerelos, aber doch auf seinem Rücken, sie fassten, wenn auch ohne Kraft, nach ihm. Er fühlte es: In ihren geringfügigen, schleppenden Bewegungen, in ihrer Haut, in ihrem ganzen Körper war ein Anflug von Erkennen.

Da hob er sie mit schnellem Griff hoch und trug sie, einen Arm unter ihren Kniekehlen, den anderen unter den Achseln, mit sich fort. Als wäre der Tod kein Zustand, sondern ein zusätzliches Gewicht, schien sie ihm anfangs schwer, viel schwerer, als sie je gewesen war, doch je länger er lief, und er lief sehr viel länger, als Menschen laufen, umso leichter wurde sie in seinen Armen, bis es ihm irgendwann vorkam, als hätte er nicht schwerer als an seinen eigenen Gliedern an ihr zu tragen.

Im selben Moment fing die erste Veränderung an.

Die Finsternis wurde, statt sich aufzuhellen, tiefer. Am Himmel wurden vereinzelte Sterne sichtbar und die feingeschliffene Sichel des Mondes. Ein Hund – oder war es ein Wolf? – überquerte ohne Eile die Straße. Die niedrigen Baracken der Dämmerstadt und ihre apathischen Bewohner wurden immer vereinzelter, Bäume tauchten auf und rückten irgendwann zusammen zu einem Wald, aus dem das Gluckern eines Baches zu hören war. Von der Erde stieg der Geruch verrottender Blätter hoch.

Sperber, seine leichte Bürde an sich gepresst, bemühte sich, soweit die Dunkelheit es zuließ, Luchs' Kopf und ihr Haar vor dem Zugriff der niedrigen Äste zu schützen. Es wurde kalt, und er hüllte sie, die noch das Kleid vom Sommer trug, in seine warme Jacke. Er selbst war erhitzt vom Laufen und mehr noch von dem eigenen Wagnis und dessen Gelingen, von einem Sieg, an den er noch nicht zu glauben wagte und dem doch jeder Schritt ihn näher brachte. Von banger Freude berauscht und fast bewusstlos vor Erschöpfung, eilte er dahin.

Als der Morgen, der immer neue, immer andersartige Morgen der Lebenden dämmerte und die feinen Verzweigungen der entlaubten Baumkronen in den Himmel zeichnete, lag in seinen Armen nichts als seine alte Winterjacke. Mit langsamen, mechanischen Bewegungen öffnete er sie; an dem knittrigen Ärmelansatz hing unter der Achsel, die nachtfarbenen Flügel über sich zusammengeklappt, ein toter Falter.

8

Weit war er gegangen, bis in das unwirtliche-un-
wirkliche Dämmerland, wo die Teilnahmslosen, die
Entrückten unter ihresgleichen wohnen, und er war
von dort wieder zurückgekommen. War das nicht
mehr, als die meisten von sich behaupten konnten?

Bei seiner Rückkehr war Winter; derselbe Winter,
der herrschte, als er aufgebrochen war. Klatschend
sprang eine Welle an die Mole, riss jubelnd ihre
Schaumhände in die Luft und ließ sie nach kurzem
Innehalten wieder sinken. An der Mauerrückseite
blieb ein weißer Schatten zurück, eine nur kurze Zeit
sichtbare, cremige Spur.

Drei Kormorane, umgeben von einem Gefolge
von Möwen, hielten am anderen, ufernahen Ende
der Mole die Hälse zum offenen Meer hin gereckt.
Bewegungslos, angespannt verharrten sie so, als warteten sie darauf, jeden Moment am Horizont etwas
Ersehntes, ein Schiff vielleicht, ein Licht, eine Insel,
auftauchen zu sehen. Und in der Tat, der Himmel

öffnete sich, die Wolken lichteten sich in der Ferne, über dem Meer lag ein Versprechen, eine Prophezeiung, ein heller Schein. Gab es denn noch etwas zu prophezeien?

Sperber hatte im Wald, als er erhitzt durch die Kälte ging, seine Stimme verloren, aber er brauchte keine Stimme mehr. Die Worte, die er gesprochen hatte in seinem Leben, genügten ihm. Die Bäckerin würde noch wissen, welches Brot er gewöhnlich nahm: la baguette du patron. Stumm oder im Stillen lärmend wie ein Fisch würde er fortan sein, und die restlichen Jahre würden sprachlos nicht viel anders als die vorherigen vergehen. Der Tod war ansteckend, und Sperber hatte mehr, als den Lebenden erlaubt ist, davon gesehen.

Aus unserer eigenen, selbsterschaffenen Dämmerung, aus dem Schattendasein des Erzählers sehen wir ihm zu, folgen wir unbemerkt seinen Schritten. Er läuft den Strand entlang wie schon so oft, wie schon mehrere tausend Mal, aber zum ersten Mal spricht das Meer an seiner statt, zum ersten Mal erhebt es die Stimme in seinem Namen; wütend, drohend wie ein gefangenes wildes Tier wirft es sich in seinem gewaltigen Bett hin und her, und bei jedem Aufprall ertönt der Knall gellender, titanischer Ohrfeigen. Sperber lauscht dieser Stimme, die seine eigene ist; eine andere hat er nicht mehr.

Sieh, Sperber, den Kiesel vor deinen Füßen im glattgewalzten Sand: Wie dieser Algenstengel, der auf ihm wurzelt, bist du an einer Toten festgewachsen. Die nächste Flut, die nächste Welle mag sie hierhin oder dorthin befördern; in welche Ferne auch immer der Tod sie trägt, sie wird dich mit sich fortziehen. Irgendwann wirst du sterben. Du wirst gelebt haben. Und es wird gut sein.

Sperber wandert weiter, über den Strand hinaus, er hört unsere begütigenden Worte nicht. Noch einmal bäumt sich etwas in ihm auf, noch einmal wehrt er sich gegen das, was Leben heißt oder Schicksal, gegen die eigene Ohnmacht, den Tod. Soll denn so die Geschichte, die kurze Geschichte seines Glückes enden?

Er will es nicht glauben, er glaubt es nicht.

Er lauscht dem dumpfen, schmerzlichen Pochen in seiner Brust. Es klopft, als wollte sein eigentliches, verborgenes Wesen aus seinem tiefsten Inneren ausbrechen und ihn umfangen.

Er blickt auf die unmäßigen Mengen an gelblichem Schaum, den das aufgewühlte, planktonreiche Wasser an der Steinküste schlägt und der zwischen den Felsen in kleinen Hexenkesseln vor sich hin brodelt. Er sieht, wie der Wind Fetzen aus diesen wabernden Schaumbergen reißt und über die Küste streut, die schon ganz eingeschneit ist mit zittrigen Schaumballen. Auch ihn selbst nimmt das Meer unter Beschuss, schneeball- und sogar fußballgroß fliegen die Schaumfetzen um ihn her, manche treffen ihn am Kopf, an der Schulter, am Arm. Er wirft ihnen seine inneren, seine lautlosen Schaumsätze entgegen. Er lacht. Soll der Schaum ihn unter sich begraben.

Die Menschen sind tapfer, tapferer als er. Sie leben und verschwinden unter der Erde, ohne viel Aufhebens davon zu machen. Sie trauern ihren Liebsten nach, stellen ihnen Blumen aufs Grab. Sie nehmen das Leben und das Sterben nicht persönlich.

Sperber gelingt es nicht. Hat er es denn versucht?

Die unsichtbaren Regentropfen stecknadelspitz im Gesicht, steht er mit zusammengekniffenen Augen im Wind. Das eigene Lebendig-Sein ist eine dünne Haut, wie eine verzweifelte Maske, die ihm vorläufig aufgesetzt ist, und was darunter steckt, ist fühllos; eine Wachsfigur.

Er sieht die weißen und eidottergelben Flechten, die die Felsen und alles kahle Gesträuch bedecken, das Efeu, das welke Gewoge der Farne, hier und dort den blühenden Ginster mitten im Winter, die Möwen, die minutenlang den Küstenstreifen auf- und absausen, ohne auch nur ein einziges Mal mit den Flügeln zu schlagen. Bald nach rechts, bald nach links sich neigend, überlassen sie das Beschleunigen dem Wind.

Hier, an diesem ungeschützten Küstenstreifen, ist die Stimme des Meeres so gleichförmig brüllend, dass darin die einzelnen anrollenden Wellen kaum voneinander zu unterscheiden sind. Sperber läuft hin und her, schleppt sich den dahingleitenden Möwen nach, ohne Ziel, ohne Grund. Und mit einmal sieht er sich mit Gwenaël, seinem kleinen Sohn, beim Drachen-Steigenlassen. Möwengleich, anstrengungslos schwebt der Drachen im Wind; der Junge hält das Ende der langen Leine mit Verzückung, als verbände ihn die Schnur mit der Götterwelt. In den Blasen des Schaums, der alles bedeckt, drehen sich schillernd die Regenbogenfarben.

Ist es denn wahr? Ist denn wahr, was er sieht und fühlt?

Er denkt sich Kanada.

Im Eiswind der Küste hat Sperber das blitzartige Bewusstsein der zum größten Teil noch nie von ihm gesehenen, unbekannterweise bekannten Welt; und während er sie noch erblickt, hat sie schon das Nichts, das Unvermögen, der Krater seines Geistes verschlungen. Vergebens versucht er, ein zweites Mal den Erdball in die Kugel seines Kopfes zu zwängen.

Und ebenso flüchtig – wie man umsonst von dem Fenster eines durchrauschenden Eilzugs aus den Namen einer Stadt auf den Bahnhofsschildern zu erhaschen versucht – erkennt er jetzt, was manche längst vor ihm schon wussten oder zu wissen glaubten, nämlich was Leben bedeutet und Tod. Der vorbeifliegende Schriftzug bildet sich auf seiner Netzhaut ab, aber sein Hirn ist nicht geschaffen, ihn festzuhalten.

Er sieht nach Westen, wo, hinter dem breiten, nebligen Gischtstreifen, der über der Küste hängt und ihre Konturen verschwimmen lässt, die Helligkeit sich weitet zu einer glorreichen Verheißung.

Anne Weber
August
Ein Puppentrauerspiel
160 Seiten. Gebunden

Sohn eines berühmten Vaters, Sohn einer nicht standesge-
mäßen Mutter – August von Goethe entkommt den Familien-
schatten nicht, reibt sich auf und geht schließlich daran
zugrunde: ein blasser Junge, der den eigenen Weg, das eigene
Leben nicht findet.

»In der Form eines Theaters im Kopf,
stellt die Autorin die tragische Existenz Augusts
und sein Ringen um Selbständigkeit
literarisch vielstimmig und eindringlich dar.«
Joachim Dicks, NDR Niedersachsen

»Anne Weber stellt August ebenso sensibel wie
ironisch dar und zeigt die anrührenden Seiten
dieses im Schatten des Vaters stehenden Sohnes.«
Livres Hebdo

»so ernst wie albern, so klug wie flapsig,
einfach umwerfend und mitreissend.«
Brigitta Lindemann, WDR 3

S. Fischer

Anne Weber
Luft und Liebe
Roman
Band 18552

»Anne Webers Buch ist laut und schön.«
Volker Weidermann, F.A.Z.

Alle sprechen von Liebe. Aber wer weiß eigentlich, was genau das ist? Im Hintergrund Paris, die Stadt der Liebe. Sie, nicht mehr ganz jung, trifft einen, der das Zeug zum Märchenprinzen hat. Sie verlieben sich ineinander, schmieden Zukunftspläne, träumen vom gemeinsamen Glück. Aber als die Träume Realität werden sollen, löst sich die Liebe in Luft auf. Mit großer Leichtigkeit und literarischer Eleganz erzählt Anne Weber von den Abgründen jener Illusion, die wir Liebe nennen.

»Meisterhaft.
›Luft und Liebe‹ ist ihr bislang bester Roman.«
Hajo Steinert, Tages-Anzeiger

»In ihrem ersten Liebesroman ›Luft und Liebe‹ konstruiert Anne Weber ein elegantes Verwirrstück um große Gefühle. Aus einer eigentlich banalen zwischenmenschlichen Begebenheit wird so ein raffiniert aufgebautes Lesestück in bester französischer Tradition.«
dpa

Fischer Taschenbuch Verlag